Orte sind Worte

Fantsch

Volker Liebmann

Das ultimative Nachschlagewerk zu steirischen Ortsnamen, das niemand gebraucht hat, aber jetzt, da es nun einmal erschienen ist, nicht mehr wegzudenken ist.

Man liest sie auf Tafeln und Hinweisschildern, in Zeitungsartikeln und auf Landkarten und man nimmt sie in seiner näheren Heimat als gottgegeben hin ohne großartig über deren Bedeutung nachzudenken: die Ortsnamen. Dabei existiert dazu sogar eine eigene Forschung, die zugegebenermaßen ein bisschen klingt wie ein Krankheitsbild: die Toponomie, zu deutsch Ortsnamenkunde.

Mit derlei seriöser Wissenschaft hat der Autor dieses Buches, Volker Liebmann, jedoch exakt gar nichts am Hut. FANTSCH – Orte sind Worte ist die ultimative und gänzlich unernst gemeinte Fibel zu den fiktiven Bedeutungen der steirischen Ortsnamen. Garantiert frei erfunden und historisch unbelegt!

Orte sind Worte

Fantsch

Volker Liebmann

Ausgabe Steiermark

Copyright © 2021, Volker Liebmann
Herstellung und Verlag:
BoD – Books on Demand, Norderstedt
Covergestaltung, Satz & Layout: Monika Rajkovača
ISBN: 9783753495187

„Es ist alles so verflucht wahr – bis auf die Stellen, die gelogen sind!"

Douglas Adams

VORWORT

In den Neunziger Jahren fanden Douglas Adams´ Elaborate Eingang in mein Leben und Herz: ein liebenswerter und humorbegabter Arbeitskollege beschenkte mich mit dem Buch „Dirk Gentley´s holistische Detektei", das mich ob seines feinen Witzes und ironischen Blickes auf die Menschheit schlichtweg übermannte. Als mir kurz darauf noch ein anderer Arbeitskollege – selbst Autor und in Sachen Humor ein wahrer Bruder im Geiste – das fulminate Adams-Werk „Der tiefere Sinn des Labenz" (ein Lexikon mit originellen, aberwitzigen Interpretationen von Ortsnamen) ans Herz legte, ward ich verzückt und nach Adams viel zu frühem Ableben im Jahr 2001 inspiriert, diesem meinem Lieblingsautor irgendwann einmal zu huldigen.

Gut zwanzig Jahre später (tja, das hat ein bisschen gedauert und kürzlich hat leider mein großer Humor-Bruder im Geiste das Zeitliche hinter sich gelassen) fasste ich schließlich den Entschluss, meine bis hierher nur unter Freunden und im Bekanntenkreis vorgetragenen, aber ansonsten eher im Verborgenen umherstreunenden Vokabelverhunzungen, Begriffsverunstaltungen und Wortumdeutungen in Form eines Büchleins öffentlich zu machen.

Wie Douglas Adams-Kenner wissen, ist unsere Sprache mangelhaft und unvollständig, das bedeutet, uns fehlen in diesem unserem Universum (und im ganzen Rest) mitunter die passenden Worte, um Situationen, Eigenschaften, Gegenstände, Tätigkeiten, Gefühlswelten oder einfach irgendwelche Zustände zu beschreiben. Die gute Nachricht: Es existieren bereits ausreichend Begriffe. Nur, dass man sie bisher noch nicht mit den richtigen Inhalten und Bedeutungen aufgefüllt hat. Anstatt diese Wörter also mehr oder weniger sinnlos auf Schildern herumhängen zu lassen um auf irgendwelche Orte zu deuten (wieder muss ich Adams zitieren), wird hier ein vollkommen unernster Versuch unternommen, den Wortschatz ein wenig zu erweitern. Wobei: Fantsch – Orte sind Worte nicht den geringsten Anspruch erhebt irgendeinen Anspruch zu erheben! Die zugeordneten Bedeutungen sind Hirngespinste, die Auswahl ist nicht nur dem Potenzial der Namen, sondern auch dem Zufall, der Phonetik und sogar der Fantasie gedankt!

Völlig real hingegen sind in der Tat die hier erwähnten Ortsnamen, auch wenn sie nicht immer deckungsgleich mit Gemeindenamen sind, sondern mitunter Ortsteile und „Gegenden" bezeichnen – aber: sie alle existieren wirklich und sind auffindbar. Solchermaßen geriet dies lückenhafte Lexikon zum willkürlich zusammengestellten Sammelsurium mit geografischer Verortung in der Steiermark ohne Anspruch auf Vollständigkeit (und schon gar nicht Vollkommenheit).

Sollten sich die Bewohner der gelisteten Orte von den Verwortakelungen verunglimpft fühlen, so liegt das keinesfalls in der Absicht des Autors, geht ihm andererseits aber ziemlich am => **Hinterlainsach** (siehe unter H in diesem Buch) vorbei. Schließlich hat er die Bezeichnungen ja nicht erfunden, sondern nur deren Deutungen/Interpretationen. Und zugegeben: in hysterischen Zeiten der Übererregtheit gefällt der Gedanke, ein wenig auf political correctness zu pfeifen.

Jedenfalls aber finden sich hier auch Namen, von denen man bislang weder ahnte oder ahnen wollte; Orte, die uns womöglich bis dato gar nicht gefehlt haben, aber auch Orte, die es sich womöglich verdient haben erwähnt zu werden und vielleicht sogar einen Besuch wert sind. Und sei es auch nur in unserer Vorstellung.
Wildon, Juli 2020

Ergänzung A zum Vorwort
Dieses vorliegende Buch, von dem ich schon lange vor Veröffentlichung ungefähr jedem, den ich kannte erzählt hatte, um mir Druck für eine rasche Fertigstellung aufzuerlegen, hätte schon viele Jahre früher publiziert werden sollen. Der Plan des Herumerzählens hat sich aber als wenig tauglich erwiesen (das hat schon damals beim Rauchen aufhören nicht so recht funktioniert!). Nachdem auch kein Verleger hinter mir her war, der die Einhaltung eines Abgabtermins einmahnte, zog sich das Projekt ein wenig in die Länge (was ist schon ein Jahrzehnt!).

Erste Ambitionen für das Buch keimten 2012 beim neuerlichen Lesen Adams'scher Werke auf, mit ungeahnter Leichtigkeit waren einige Begriffe mitsamt Definitionen aus dem Ärmel geschüttelt bzw. zu Papier gebracht. Doch die Idee geriet ins Stocken, verschiedenste Rückschläge bremsten den literarischen Flow. Liebeskummer, Existenzängste, Verletzungen, Schreibblockaden, Selbstzweifel und diverse affective Hemmungen sowie fehlende Verleger mussten als Ausreden herhalten. Es schien zuweilen ein bisschen wie das Warten auf einen heißersehnten Nachwuchs – der klare Wunsch war vorhanden, jedoch

Trieb oder Zeugungsfähigkeit nicht immer stark genug. Nachdem mit Jahresbeginn 2021 eine oberösterreichische Gemeinde namens Fucking beschloss, ihren Namen zu ändern, läuteten die Alarmglocken und es schien höchst an der Zeit endlich mit diesem Buch herauszurücken, um derlei Ortsnamen zu verewigen – noch bevor man anderswo auf die Idee kommt, selbige für immer auszulöschen!
Gralla, Januar 2021

Ergänzung B zum Vorwort
Ab Seite 41 bis 98 sollten eigentlich einige wunderbare Seiten meiner geschätzten Freundin Heike, die in ihrem jüngsten Printwerk „Spieglein, Spieglein" keinen Platz gefunden haben, publiziert werden. Sie hatte ihr akribisches gestaltetes Werk kürzen müssen, weil das Druckerpapier so teuer ist.

Nachdem mein Epos erwiesenermaßen ungleich schlanker geriet, bot ich ihr daher an, diese Seiten in meiner Buchmitte zu verstauen. Unverständlicherweise lehnte mein Verlag dieses großzügige Angebot mit dem Hinweis „Solch einen Schwachsinn können sich nicht einmal die prominentesten Bestseller-Autoren leisten" ab.
Gratkorn, März 2021

Danke an Heike, Monika, Axel und an all jene Aufmunterer, die mich nicht nur entscheidend unterstützt, sondern ~~mir beizeiten auch einen Tritt in den ... äb~~, mich mit motivierenden Worten ermutigt haben, dran zu bleiben und das Vorhaben zu einem Ende zu bringen.

Im Gedenken an Matjaz Grilj
(† Sept. 2020)

Admont
Hotelzimmer, das völlig entgegen dem Versprechen auf der Homepage oder im Reiseprospekt keine schöne Aussicht liefert. Vielmehr bietet sich beim Blick aus dem Fenster nur eine Wand dar, es ist nichts zu sehen außer einem riesigen Felsen – eine Felswand eben. Man wird das Gefühl nicht los, dass einen der Reiseveranstalter über den Tisch gezogen und den wohlverdienten Urlaub an eben diese Wand gefahren hat.

Adriach
Duft des Meeres, obwohl weit und breit kein Meer in der Nähe ist. Mitunter stammt der Geruch von einer unweit gelegenen Mülldeponie oder Fischfabrik, der es aber bei erprobten Adria-Urlaubern dennoch schafft Sehnsuchtsgefühle auszulösen.

Affental
Passage am Fuße eines Berges, die von Wracks übersät ist, da die Fahrzeuge mit viel zu hoher Geschwindigkeit (mit einem Affenzahn) zu Tal rasten und dort wegen der rutschigen Fahrbahn oder überhitzter Bremsen nicht rechtzeitig zum Stillstand kommen konnten.

Aflenz
In Stresssituationen ohne Vorwarnung auftretende einmalige Flatulenz, die meist aus Nervosität unmittelbar vor einem wichtigen Termin auftritt und einen noch nervöser macht.

Afram
Computer mit viel zuwenig Arbeitsspeicher, bei dem Ewigkeiten vergehen bis man den Buchstaben, den man gerade eingetippt hat am Bildschirm sieht oder sich ein Mini-Programm öffnet. Der User macht sich ob dieser langen Warterei zum Affen und auch die Haltung vor dem Monitor lässt darauf schließen, dass sich die Menschheit im Computerzeitalter wieder rückwärts in Richtung der gemeinsamen Vorfahren entwickelt.

Aigen
Genetisch oder aufgrund anderer Faktoren in einer Person definiertes Potenzial das a) in jemandem den von Grund auf inijizierten Drang verursacht immer All-Inclusive-Angebote zu buchen (Menschen dieser Prägung sind äußerst ai-gen-willig) oder b) die Einhaltung von Menschenrechten begünstigt. Charktere mit dieser genetischem Programmierung ergreifen zumeist Berufe, mit dem Ziel die Welt zu verbessern, vorzugsweise Jobs bei NGOs (um dann nebenbei wegen des Geldes in einem Call Center zu joben).

Altaussee
Morgendlicher Blick in den Spiegel. Mit zunehmendem Lebensalter wird altaussen für die Menschen ein Thema, bis zu jenem Zeitpunkt, an dem man die bis dahin

aus purer Eitelkeit geleugnete Fehlsichtigkeit als Erleichterung zur Kenntnis nimmt, weil man dann tatsächlich nicht mehr erkennen kann, wie alt man nun schon aussieht.

Alpl
In einer entlegenen Berghütte wohnender Almwirt, der in Ermangelung sozialer Kontakte und infolge der übermäßigen Zuführung hochprozentiger, alkoholischer Getränke stückweise verlernt zu sprechen und dann beim Versuch mit Menschen Kontakt aufzunehmen nur unverständliche Laute herausbringt.

Andritz
Spontan negatives Gefühl, das einen beim Betreten eines angeblichen 5-Sterne-Hotelzimmers überkommt, welches jedoch auf Anhieb nicht die Erwartungen erfüllen kann; führt zumeist zur => **Andritzrede,** einer Beschwerde beim Rezeptionisten über die miese Qualität des Zimmers.

Angenofen
Ein Motorrad, das protzig aussieht und laut wie ein Abfangjäger ist, sich aber im Fahrverhalten ziemlich katastrophal, wenn nicht gar unfahrbar zeigt.

Anger
Ein Angeber, der fürchtet, dass man ihm seine zwecks Prahlerei erfundenen Geschichten nicht glauben könnte. Was meistens tatsächlich auch der Fall ist.

Arnfels
Das naive Bestreben eines körperlich nicht altersgemäß

Entwickelten durch eifriges Krafttraining (und die zusätzliche Einnahme von Bergen von Kren und Kernöl) ähnliche Muskelberge wie der junge Arnold Schwarzenegger auftrainieren zu können und damit physische Nachteile zu kompensieren.

Arnwiesen
Grünfläche/Weide in welcher sich der Arn aufhält – ein Verwandter des Arnoch, jenem sagenumwobenen Lebewesen, welchem sogar in der steirischen Landeshymne gehuldigt wird (siehe dazu Max Gads hinreißendes Werk „So geht Leben").

Aschnull
Total pleite. Eigentlich ein widersprüchlicher Begriff, denn wenn null Asche da ist kann man doch eigentlich auch nicht abgebrannt sein, oder?

Aug-Radisch
Italienisch-stämmige Salatpflanze, die so rot schimmert wie das Auge des Bräutigams am Morgen nach seinem Junggesellenabschied.

B

Bad Aussee

Australischer Staatsbürger, der durch den dort landesüblich ausgeprägten Bierkonsum sogar in unseren Breiten mit seinen schlechten Manieren aus dem Rahmen fällt. Ein Bad Aussee, der – zumeist als Tourist – in Alpenländern zu Gast ist, verlässt sich aus eiskaltem Kalkül darauf, nicht zurechtgewiesen zu werden, da er auf seine grundsätzlich sympathische und exotische Herkunft verweisen kann („Fuck ya, I´m Bad Aussie!"). Dazu passt eine Anekdote, die man sich in der Umgebung des einstigen Österreichringes erzählte: In den Achtziger-Jahren, als die Formel-1 in der Steiermark gastierte, nächtigte das Lotus-Team, damals schärfster Konkurrent des Titelaspiranten Alan Jones (Williams), zum F1-Wochenende nicht in der näheren Ring-Umgebung, sondern des Namen wegen in Bad Aussie – Alan Jones war Australier!

Bad Gams

In der freien Natur lebendes Tier, das in einen Swimming Pool gefallen ist (im Jägerlatein wird fälschlicherweise behauptet, dass eine Bad Gams, ein besonders grimmig dreinschauendes Gamswild mit einem riesigen Horn sei!).

Baldau
Diffuse Vorahnung bzw. häufigster Gedanke, der einen im Wartezimmer eines Zahnarztes beschleicht.

Bergen
Erblich vorbelastet, im Sinne dessen, dass man ein besonders dickes Fell hat und robust ist. Nebeneffekt: Wer das Bergen in sich trägt, ist dem Verzehr von Honig besonders zugetan.

Bergen-Egg
Ei des Gebirgshuhnes. Zeichnet sich durch einen geringeren Cholsterin-Gehalt aus, da die frei laufenden Hühner auf der Alm nun einmal deutlich fitter sind.

Bierbaum
Jene Pflanze, die sich unweit der Eingangstüre einer Bar befindet und aufgrund dieser (un)günstigen Lage daher am öftesten von männlichen Betrunkenen zum Urinieren frequentiert wird. Mitunter gedeihen Bierbäume besonders prachtvoll, da ihnen die erhöhte Zufuhr von Harnstoff bzw. den darin enhaltenen Stoffen (Kalium, Kalzium, Phophor, Stickstoff) wohl bekommt. Eine Überdosierung setzt aber selbst hart gesottenen, austrainierten Bierbäumen zu, sodass sie auch absterben können. Nicht selten befinden sich Bierbäume in der Nähe des => **Kotzgraben** (siehe unter K).

Blumau
Pflanze, die durch ihr hübsches Aussehen und ihren betörenden Duft zur umgehenden Berührung verleitete; allerdings hat man die feinen Stacheln zu spät bemerkt.

Burgau
Sich bei der heruntergehenden Zugbrücke den Kopf stoßen, was große Schmerzen bereiten kann, wenn man den Helm seiner Ritterrüstung gerade nicht aufgesetzt hat.

Diemlern
Seltener Sprachfehler bei dem man kein m sprechen kann, sodass man z.B. statt malochen alochen oder statt mamma mia praktisch gar nichts sagen kann. Diemlern muss dann mühsam in einem – wegen des raren Angebotes – teuren Sprachtraining erlernt werden: die m lern!

Dietzen
Jemanden abwechselnd Duzen und Siezen, weil man sich beim besten Willen nicht erinnern kann ob man sich schon das Du-Wort angetragen hat.

Dirnreith
Neinneinnein! – also wirlich, schämen Sie sich!!

Dobl
Selten dämlicher Mensch, der sich selbst aber als vornehm

und nobel einschätzt (was leider bei vielen dämlichen Menschen der Fall ist!), in Wahrheit aber durch unendlich proletenhaftes und schlechtes Benehmen auffällt.

Donawitz
Spezielle Art von Humor, der erst nach dem fünften Krügel Gösser-Bier als solcher erkennbar scheint. Der Begriff lässt sich zurückführen auf die schon stark verwaschene Aussprache der Betroffenen bei der versöhnlichen Feststellung „Do no a Witz".

Edelschrott
Abfällige, von Neid motivierte Bemerkung über den sündteuren, neuen Lusxuswagen des Nachbarn. Gilt auch für andere exquisite, Neid erzeugende Objekte wie z.B. die „Lucona" (siehe auch Reinhard P. Grubers Schilcher ABC).

Eggreith
Relativ sinnlose Übung, die nur dazu dient einen wertlosen Eintrag ins Guiness Buch der Rekorde zu erlangen.

Beim Eggreithen setzt man sich mit den beiden Pobacken auf jeweils ein rohes Ei, ohne dass selbiges zerbersten darf. Ist noch nie gelungen, daher fehlt auch der Eitrag, äh Eintrag im Rekord-Buch.

Eichberg
Weingarten, in dem man seine Trinkfestigkeit unter Beweis stellt. Wer das Eichberg-Ritual, welches die orale Verabreichung verhältnismäßig großer Weinmengen an frischer Luft vorsieht, ohne gröbere Defekte bzw. Folgeschäden – Übelkeit, Kopfschmerzen, Bauchweh – also klassische Verkaterung übersteht, dem kann auch ein Kampftrinken bei einem Motorradtreffen, ein Besäufnis beim ländlichen Zeltfest oder ein Aufnahmeritual bei einer Studentenverbindung nichts anhaben. Der Eichberg dient auch zur Qualifikation für den berüchtigten => **Schnellerviertel.**

Eichkögl
Buschenschank, der trotz erhöhter Lage auf einem Weinberg mit keiner besonderen Aussicht dienen kann, dafür jedoch mit äußerst günstigen Preisen, was oftmals für überdurchschnittlichen Weinkonsum bis hin zu erheblichen Saufgelagen sorgt.

Eisenerz
Umgangssprachlicher Ausdruck für schusssichere Weste (früher auch Ritterrüstung), welche hauptsächlich von Polizisten verwendet wird. Eigentlich sollte es Eisennerz lauten, weil man sich die Schussweste umhängt: Das zweite n fiel allerdings einem Tippfehler eines normalerweise im Außendienst befindlichen Polizeibeamten zum Opfer.

Eselberg
Fälschlicher- und vollkommen unverständlicherweise wurden damit lange Zeit Exkremente eines Maultiers bezeichnet, was zwar dem Maultier egal war, nicht aber den Einwohnern von Eselberg. Die Bedeutungsverniedlichung erinnert zwar stark an Pferdeäpfel, tatsächlich aber ist ein Eselberg eine Anhöhe, die man erklimmt, weil man oben irgendetwas Besonderes vermutet. Dort angekommen muss man hingegen feststellen, dass nichts, aber auch gar nichts das mühselige Aufsuchen der Anhöhe rechtfertigt (vom der Gesundheit zuträglichen, positiven Bewegungsaspekt einmal abgesehen).

Etmißl
Bei der Eingabe einer Email-Adresse auf der Tastatur den Klammeraffen bzw. die dafür nötige Tastenkombination nicht finden. Etmisseln gilt bei Textverarbeitung und elektronischer Korrespondenz als häufigste Unannehmlichkeit und tritt längst nicht nur bei Menschen mit digitaler Demenz auf.

Ewitsch
Scheinbar endlos lange auf die Pointe eines Witzes warten, weil sein Erzähler während der Ausführung vergessen hat, wie die Pointe überhaupt ging und jetzt – in der Hoffnung sie könnte ihm jeden Moment doch wieder einfallen – ewig herumpalawert. Fällt dem Erzähler die Pointe dann doch noch ein können die Zuhörer jedoch nur mehr müde lächeln.

Fading
Ein Mensch, der mit sich selbst hadert, weil er keine Ideen gegen die sich ausbreitende Langeweile hat.

Fantsch
Geräusch, das beim lustigen Plantschen in der Badewanne entsteht, wenn man mit dem Gesäß spaßhalber auf dem Wannenboden hin und her rutscht und flutsch.

Fehring
Moralvorstellung, die das Bestreben unter allen Umständen fair zu bleiben, in den Mittelpunkt stellt. Anfällig dafür sind zumeist Leute mit einem chronischen Helfer-Syndrom bzw. äußerst stark ausgeprägtem Gerechtigkeitssinn.

Fernitz
Sekundenbruchteilsweise vorbeihuschender Gedanke, der kurz bevor er einem ganz ins Bewusstsein kommt und artikuliert werden kann, wieder durch die Lappen geht. Gleich hab ich's ... nein doch nicht!

Fladnitz
Diebsgut, das sich bei näherer Betrachtung als vollkommen wertlos herausstellt. Siehe auch => **Glauning**.

Floing
Für den Menschen nicht hörbares Geräusch, das Flöhe beim Hüpfen machen. Existiert also nur in der Fantasie.

Fölling
Flaues Gefühl mit leichter Übelkeit, das vom durch übermäßige Flüssigkeitszufuhr überfüllten Magen herrührt.

Freßnitz
Übergewichtiger, domestizierter Vierbeiner wie Hund, Katze etc., der infolge von Überfütterung nicht mehr selbständig zum Futternapf gehen können und daher einer Zwangsdiät unterzogen wird. Da Essen auf Rädern für diese Tiere weder eine rentable, noch eine sozial erforderliche Dienstleistung ist, hält sich das Angebot derartiger Dienste eher in Grenzen, was mit ein Garant für den Erfolg der Diät ist.

Als Gegenmodell des Fressnitz gilt ein gewisser Garfield, der jedoch nicht nur zu dick, sondern meist zu bequem ist, um zum Fressnapf zu wandern. Er hat bislang alle Diäten erfolgreich abgewehrt.

Frohnleiten
Bergführer, der auch nach 3000 Höhenmetern noch immer fröhlich grinst, Berg-Lieder trällert und seiner bereits vollkommen erschöpften Gefolgschaft aus irgendwelchen Niederlanden zum x-ten-Mal euphorisch die Namen der umliegenden Berggipfel und diese wunderbare Aussicht erklärt.

Furth
Das runzelige Verbindungshautstück zwischen den beiden Hälften eines Würstelpaares.

Fuscht
Ein Fuzzel, das sich schon seit einiger Zeit auf dem Teppichboden befindet, jedoch vom Staubsauger nicht eingesaugt wird. Irgendwann wird das Fuzzel dann quasi vom Teppich inhaliert und zum fixen Bestandteil, weil es dem Betrachter schlichtweg wurscht geworden ist und er inzwischen zu bequem dazu ist, es zu entfernen.

Gaal
Im Zahnarztsessel auf Fragen des Dentisten nur unzureichend und unverständlich antworten können, weil bevor man etwas sagen kann bereits der Absauger, der alles übertönt, im Mund röchelt. Zu allem Überfluss wird man dann noch vom Herrn Doktor gemaßregelt: „Mund offen lassen!" Insofern ist das einzige, was man herauswürgen kann ein ... „Gaaaaal".

Gaberl
Provokant geringe Summe Trinkgeld. Gegaberlt wird entweder weil man a) von Haus aus geizig wie ein schottischer Gutsherr oder b) mit dem Service unzufrieden ist.

Gaishorn
Unter Hausziegen gebräuchliche Bezeichnung für eine gehörnte männliche Ziege. Weil der Ziegenbock sexuell nicht ausgelastet ist, gibt er sich in dieser Phase besonders bockig und unausgeglichen und verhält sich ähnlich wie ein gehörnter Ehemann. Durch Kämpfe gegen andere männliche Artgenossen versucht der Bock Frust abzubauen bzw. die Schmach vergessen zu machen.

Ganz
Auf den ersten Blick sympathisch-galanter Versicherungsvertreter, der seinen Klienten alle möglichen Leistungen aufschwatzt, sodass diese riesige Prämien berappen müssen und letztlich total überversichert sind.

Garanas
Schwer einschätzbare Wetterlage, bei der kaum was auf Regen hindeutet. Man lässt den Regenschirm zuhause – weil die Wetterprognose eine Regenwahrscheinlichkeit von unter 50 Prozent vorhersagt – und erlebt wenig später einen fulminanten Wolkenbruch, der einen völlig durchnässt zurücklässt. Bei Garanas-Wetterlagen kann man davon ausgehen, garantiert nass zu werden. Allerdings lässt sich nur sehr schwer prognostizieren, wann eine Garanas-wetterlage kommt. Würde man für die Vorhersage endlich einmal alternative Parameter wie Mondphasen oder scharmanische Rituale heranziehen,

dann könnte man diese Wetterlagen auch nicht zuverlässiger voraussagen.

Gasen
Plötzlich unvermittelt auftretende Flatulenzen, die aber zumindest akustisch unter der Wahrnehmungsschwelle bleiben.

Gatschen
Sehr große, ziemlich schmutzige Schuhe. Besonders verbreitet in landwirtschaftlichen Milieus, jedoch auch bei Wanderern und Soldaten.

Gamlitz
Versteinertes Antlitz eines Computerspielers, der seit Stunden mit der Spielkonsole verwachsen ist. Der Blick ist starr, die Augen gerötet.

Gimplach
Spöttisches, geradezu verhöhnendes, hochfrequentes Lachen, das von einem Vogel stammmen könnte. Und auch stammt. Worüber sich der blöde Vogel lustig macht bleibt jeoch sein Geheimnis.

Glanz
Begriff aus der Tierwelt, der mitunter auch für Menschen verwendet wird: Überdurchschnittlich großes männliches Geschlechtsteil.

Glatzau
Beim Blick in den Spiegel erstmals feststellen, dass die sogenannten Geheimratsecken über den Schläfen

auftauchen. Die Aussicht auf ein kahles Haupt lässt bei so manchem Mann blankes Entsetzen und mitunter sogar eine verfrühte Midlife Crisis aufkommen.

Glauning
Während eines Diebstahl in einem Haus bemerken, dass hier aboslut nichts Wertvolles, sondern nur ganz lauer Schrott, also Glauning, zu holen ist.

Glawoggen
Oftmals scheiternder Versuch, die in einem Behälter hin und her schwabbende Flüßigkeit beim Gehen auszubalancieren. Zum Beispiel das Wasser in einer zu hoch befüllten Gießkanne oder die leckere Suppe in einem Teller. Nicht von ungefähr ist eine der wichtigsten Lektionen für angehende Keller(innen) in ihrer Lehrzeit, die Wogen der am Tablett transportierten Suppen so glatt zu halten, dass man dabei nichts verschüttet!

Glojach
Schwer aufzufindende Toilette auf einer Luxus-Yacht.

Gnas
Nasenlaut, der durch intensives Gähnen hervorgerufen wird, ähnlich einem grunzenden Schnarchen.

Gniebing
Therapeutische Maßnahme nach einer Operation des Knies, bei welcher das Gelenk nach und nach wieder beweglich gemacht wird.

Götzau
Stinkreicher Typ, der seinen Wohlstand ungeniert und provokant zur Schau stellt und damit in voller Absicht den Neid seiner Umgebung hervorruft.

Graggerer
Auf einem Acker seine Notdurft verrichten, weil sonst nirgends eine geeignete Stelle bzw. ein WC vorhanden ist, und anschließend die Spuren verwischen, sprich, das Hinterlassene vergraben bzw. mit Erde bedecken.

Gralla
Nach einem ausgedehnten Buschenschankbesuch fröhlich lallend und grölend das Auto, den Bus oder die S-Bahn in Richtung steirische Landeshauptstadt besteigen.

Grambach|en
Traurig am Ufer eines Gewässers sitzen und vor sich hinstarren. Im Gegensatz zu => **fischbachen:** entspannt am Ufer sitzen und die Tiere im Wasser beobachten.

Graschuh
Jemanden im meterhohen Gras auflauern und sobald er sich genähert hat hochspringen und „Huh" rufen. Der Erschreckte wird dabei versteckt gefilmt und das Ganze dann als angeblich großartiger Höhepunkt einer quotenarmen Blödel-Sendung im Privatfernsehen gezeigt.

Gratkorn
Der eine letzte Hüttenschnaps, der entscheidet, ob ein Wanderer beim Abstieg über den Bergrücken abstürzt oder nicht (siehe auch Redensart: „Sich die Kante geben").

Gratwein
Edler Tropfen am Rande der Genießbarkeit, der kurz davor ist, Essig oder sonst irgendwas zu werden. Insbesondere bei Rotwein fällt das ungeübten Trinkern womöglich gar nichts auf – sie meinen ihr Gratwein sei ein besonders exquisiter Sherry!

Grimming
Mitten in der größten Stille mit einem Magenknurren die Aufmerksamkeit auf sich ziehen und dafür böse Blicke ernten. Passiert natürlich genau dann, wenn man es am wenigsten braucht – z.B. während einer Gedenkminute oder während man mit der Jagdgesellschaft auf der Lauer liegt und dem Wild endlich nahe genug gekommen ist.

Großklein
Gefühlszustand zwischen Euporie und Ernüchterung – hervorgerufen durch das äußerst selten ausgesprochene Lob des Chefs, der kurz darauf bemerkt, dass alles ein Irrtum war und einen daraufhin gleich wieder zusammenstaucht.

Großlobming
Jemanden durch gebetsmühlenartig vorgetragenes Schönreden (Loben) zu einer Person mit gesteigertem Selbstwertgefühl machen. Besonders von Therapeuten, aber auch empathischen Chefs gerne angewendete Methode. die auch der Leistungsoptimierung dient. Einzig bei genervten Ehemännern, welche ihre Partnerinnen zumeist im falschen Moment oder mit missverständlichen Formulierungen oder Komplimenten aufmuntern wollen, verfehlt diese bewährte Praxis zumeist ihre posi-

tive Wirkung und geht mitunter sogar nach hinten los.

Großsulz|en
Angeberische Rede schwingen, die vor Fremdwörtern nur so strotzt, aber eigentlich vollkommen inhaltslos ist. Besonders verbreitet in Politiker-Milieus, bei Show-Mastern, Animateuren aus Tirol, aber auch grundsätzlich bei Männern, die um die Gunst schöner Frauen werben.

Grötsch
Grässlich-ungustiöser, ölverschmierter Speiserest auf einem Teller, der dadurch entsteht, dass der Gast alles am Teller vermengt hat, um es am Ende doch nicht zu essen.

Grundlsee
a) Gewässer mit kristallklarem Inhalt, bei dem man den Grund praktisch von überall aus sehen kann. b) Sehr offensichtlich erkennbar, warum etwas so ist, wie es ist.

Gstatterboden
Unebene Fläche, auf der man beispielsweise keine Briefe falten, Werkstoffe bearbeiten oder Champagnergläser befüllen sollte. Gstatterböden eignen sich dafür aber hervorrragend für Gleichgewichtsübungen, zum Schnitzel klopfen oder um Muskelverspannungen zu lösen. Art verwandt mit => **Knittelfeld**, das sich allerdings auf lebendige Wesen bezieht.

Gugga
Verdutzert bzw. ungläubiger Blick, der daraus resultiert, dass man einem Fahrzeug mit polizeilichem Kennzeichen GU (Graz-Umgebung) in die Quere gekommen

ist, welches vom Fahrer/der Fahrerin äußerst unberechenbar pilotiert wird, sodass man selbst besser Abstand hält und vorausschauend fährt.

Gutenacker
Landwirtschaftliche Nutzfläche, die mit der Beschreibung „Schönstes Ackerland mit Aussicht auf Umwidmung" zum Verkauf/zur Verpachtung angeboten wird, weil deren Eigentümer hofft, dadurch ein weit überhöhtes Sümmchen einstreifen zu können.

Hadernigg
Verunsicherter Mensch, der sich ob seiner afroamerikanischen Wurzeln und seiner Hautfarbe im wahrsten Sinne des Wortes in seiner Haut nicht wohlfühlt, weil er dadurch im Laufe seines Lebens endlos viele rassistische Benachteiligungen über sich ergehen lassen muss und Denunzierungen erfährt.

Halbenrain
Zeitspanne, die vergeht bis eine Regenpfütze um die Hälfte zurückgegangen ist.

Hartl
Hart ausgesprochenes L wie in => **lantschern** oder Langenwang – im Gegensatz zum Weichl, das z.B. in laufen lassen verwendet wird. Leute, die das kärntnerische Idiom verinnerlicht haben, sind zumeist nicht in der Lage ein korrektes Hartl auszusprechen.

Hasreith
Übergewichtiger Mensch, der viel zu schwer für das Tier ist auf dem er sitzt. Daher rührt auch die Redewendung „etwas zu Tode reiten".

Heimschuh
Einheitliches und in Sachen Design und Verarbeitung meistens nicht sonderlich hochwertig gestaltetes Schuhwerk für Senioren, die ihren Lebensabend in einer Betreuungseinrichtung zubringen. Weil die restliche Lebenswerwartung zumeist eher bescheiden ist, wird bei der Qualität des Heimschuh zynischerweise oftmals gespart.

Hengsberg
Überhängender, bei Kletterern recht beliebter Felsen, der in seiner Form an eine große weibliche Brust erinnert.

Hieflau
Halbherziger Versuch eine Last zu heben. Man tut als ob man sich anstrengen würde, selbige zu bewegen, solange bis ein aufmerksamer, hilfsbereiter Beobachter herbei eilt

– der dann die schwere Last allein heben muss, weil man sich selbst ja nicht überanstrengen möchte.

Hinterlainsach
Attraktive Rückseite eines Menschen, die a) Männer zum Hinterherpfeifen animiert, was diese in Zeiten von political correctness und Feminismus aber tunlichst unterlassen sollten (obwohl sich vor allem in die Jahre gekommene weibliche Wesen, die von der ganzen Hysterie unbehelligt sind, noch immer geschmeichelt fühlen) und die b) bei Frauen einen tiefen Seufzer auszulöst im Wissen, dass man für diesen attraktiv gebauten Menschen mit höchster Wahrscheinlichkeit nicht interessant genug sein könnte.

Hirschegg
Hoden eines Rotwildes.

Hochwurzen
Angeblich äußerst potenter Obersteirer, der sich beim Tanz aus Prahlerei gegenüber seiner Tanzpartnerin einen Socken in die Lederhose stopft.

Hofamt
Geschlossene Anstalt für pensionierte Hofräte, die den Pensionsschock nicht verwunden haben und nach Ende ihrer beruflichen Laufbahn erst Recht mit ihrem Titel angesprochen werden wollen.

Höch
Sich beim Blick in einen tiefen Abgrund erschrecken

(„Huch, höher als gedacht!"). Höchen wird aber ebenso für jene Gefühlslage benutzt, wenn man etwa unmittelbar vor dem Gespräch mit dem Chef bezüglich einer Lohnehöhung Angst vor der eigenen Courage bekommt.

Höflach
Man kennt das: Jemand erzählt einen Witz oder schildert ein angeblich total lustiges Erlebnis, das aber in Wahrheit vollkommen unlustig ist. Um den Erzähler nicht vor den Kopf zu stoßen bzw. aus purem Mitgefühl lächelt man höflich, obwohl einem eigentlich eher danach wäre zum Lachen in den Hof gehen.

Hörgas
Geräusch, das von einer undichten Gasleitung herrührt. Wird auch für akustisch deutlich wahrnehmbare Flatulenzen verwendet.

Irdning
Ingenieur, der dem Irdischen vor lauter Abgehobenheit entschwebt zu sein scheint. Er behauptet von sich über-

heblicherweise, total unfehlbar zu sein bzw. schließt Irrtümer in seiner Arbeit aus und verlangt ob seines übersteigerten Egos dafür einen völlig überteuerten Tarif.

Ilz
Schwammerlsorte, die unter Pilzbefall leidet. Besonders betroffen: Arasol, Teinilz und auch Fifferling.

Jobst
Geradezu fanatischer Befürworter frutarischer Ernährung. Im Gegensatz zum => **Naintsch** isst ein Jobst aus tiefster Überzeugung Früchte in rauen Mengen.

Kaibing
Spezifisches Geräusch eines reißenden Schifftaues, weil der besoffene Matrose wieder einmal vergessen hat beim Ablegen im Hafen die Leinen loszumachen.

Kainach|en
Trotz heftiger Schmerzen, z.B weil man sich gerade den Ellbogen oder den Kopf gestoßen hat, vor Scham oder aus purer Tapferkeit keinen Laut von sich geben, obwohl man bereits rot wie eine Tomate angelaufen ist.

Kalwang
Pubertierender männlicher Jugendlicher, der sehnsüchtig auf erste Anzeichen von Bartwuchs wartet.

Kammern
Stundenlang in einem kleinen Raum vor dem Spiegel sitzen und sich die Haare frisieren. Vor allem bei unbemannten Frauen ein verbreiteter Fetisch, der sich auch im Anhäufen von Haarpflege-Utensilien widerspiegeln kann.

Katzling
Sich wie ein fauler, verschlafener Kater wälzen und strecken.

Kehr und Plesch
Rechtzeitig umdrehen bevor man sich verirrt oder hektisch wird und dadurch einen Unfall (Plärr und Klesch) riskiert.

Ketten
Ein Häftling, der nach zahlreichen erfolglosen Fluchtversuchen endgültig aufgegeben hat.

Kitzeck
Sich während man gekitzelt wird den Kopf an der Bettkante oder dem Nachtkästchen stoßen. Weil sich die Schmerzensschreie wie ein Lachen anhören, hört der Partner nicht mit dem Kitzeln auf, sodass man sich ein weiteres Mal den Kopf stößt.

Klachau
Chinesisches Splichwolt: Kulz nach dem Klach folgt stets das Au!

Klöch|en
Stolpern, weil man ein kleines Loch im Boden übersehen hat.

Kleinradl
Kurzes Schichtintervall, bei dem die Ablöse schon nach wenigen Minuten erfolgt. Besonders bei fordernden Jobs, wo die Konzentration hochgehalten werden muss oder die Kraftanstrengung häufig Pausen gebietet, wie z. B. Erbsenzählen, Zitronenfalten oder Farbetrocknen findet das Kleinradl gerne Anwendung.

Knittelfeld
Unebene, faltige Körperstelle bzw. Hautoberfläche, die man am liebsten einer Schönheitsoperation unterziehen möchte. Siehe dazu auch => **Gstatterboden**.

Knolln
Derbe, aber in weniger gehobenen sozialen Milieus durchaus gebräuchliche Umschreibung für die Ausübung von Geschlechtsverkehr.

Kobenz
Müder Beifahrer in einem Mercedes-Pkw, der einem bei der langen Fahrt auch keine große Hilfe im Kampf gegen Fadesse, Müdigkeit und Sekundenschlaf ist.

Koglhof
Schatten unter dem weiblichen Brustansatz.

Kohlschwarz
Jemand, der fast ausschließlich mit Schwarzgeld zu richtigem Reichtum gekommen ist und seine Umgebung bei jeder Gelegenheit wissen lässt, dass jeder brave Steuerzahler ein Idiot, Armleuchter oder sonstwas ist. Bis er eines Tages von einem neidigen Nachbarn oder einem verärgerten Mitbewerber bei der Finanz verkohlt wird.

Kothvogel
Gefiedertes Flügeltier, das – meist im urbanen bzw. eher dichter besiedelten Raum – auf der Dachrinne, einem Mauervorsprung oder Baum sitzt und wartet bis unterhalb jemand den Friseursalon oder das Modegeschäft verlässt um genau dann eilig einen Patzen abzusondern.

Kotzgraben
Wenig ansehnliches Areal hinter einem Buswartehäuschen oder in der Nähe von Diskotheken, Trinkhallen; Zeltfesten und mitunter auch Autobahnparkplätzen.

Köflach
Trickstoß beim Billard, der voll in die Hose geht, weil der Spieler nicht einmal die weiße Kugel getroffen hat, sondern mit der Spitze des Queus die Tapezierung des Tisches malträtiert.

Korbin
Jemand, der einem Wildfremden den Einkaufswagen voll anräumt, weil er ihn für den eigenen hält.

Kornriegel
Hügelig angelegter Getreideacker. Das hier gewonnene Korn wird unter anderem schließlich zur Herstellung von Kornriegeln verwendet, was wirklich nur ein totaler Zufall ist.

Krakau
Geräusch, wenn der Knochen eines Menschen zu Bruch geht. Die Lautstärke sowohl des Krak, als auch des folgenden Au hängt von der brechenden Knochenart ebenso ab wie von der Tätigkeit, bei welcher der Knochen birst. Bis dato nicht wissenschaftlich fundierte Studien haben gezeigt, dass beispielsweise das Knak etwa beim Fußballsport nicht zwingend in einem fixen Verhältnis zum Au stehen muss, d.h. dass das Au besonders lautstark sein kann – selbst wenn gar kein Knochen zu Bruch gegangen ist, es also davor gar kein Krak gegeben hat.

Krakauschatten
Enttäuschung im Gesicht eines Kindes, das als Kostprobe von der Supermarkt-Bedienung bei der Wurst-Vitrine statt der Extra ein Stück Tofu zum Kosten kriegt.

Kraubath
Unrasierte Körperstelle, die bei Berührung sticht.

Kreischberg
Der Berg kreischte und gebar - eine Frau.

Krieglach
Spontaner Lachanfall, bei dem man am Ende nicht mehr erklären kann, warum man ursprünglich zu lachen beginnen musste.

Krobathen
Sehnsüchtig seufzend an den letzten Kroatien-Urlaub am Meer denken.

Kruckenberg
Geländeerhebung, die wegen zu üppiger touristischer Nutzung schwer in Mitleidenschaft gezogen wurde, was besonders in Skiregionen immer öfter zum Problem wird.

Krumau
In einer unübersichtlichen Kurve mit dem Motorrad oder Fahrrad zu Sturz kommen, was zumeist mit beträchtlichen Schmerzen einhergeht.

Krumegg
Unförmiges, nicht der Norm entsprechendes Hühnerei.

Krungl
Ringförmige Backware, die gut aussieht aber unglaublich grauslich schmeckt, weil der Bäcker die Zutaten verwechselt und statt Zucker dieselbe Menge an sSalz verwendet hat.

Kumberg
Launiges, gebetsmühlenartiges Einreden eines (für sein dafürhalten sehr wichtigen) Menschen, der die Redewendung "wenn der Prophet nicht zum Berg kommt, muss eben der Berg zum Propheten kommen", tatsächlich glaubt.

Laaken
Im seichten Meerwasser sein Geschäft verrichten.

Lanau
Bei einem unglaublich langweiligen Kinofilm oder einer einschläfernden Theateraufführung langsam einnicken, wobei der seitlich wegkippende Kopf auf der Schulter des Sitznachbarn Halt findet.

Lafnitz|en
Hektisch einen Weg (umsonst) zurücklegen. Man ist spät dran, hat das Haus verlassen und bemerkt, dass man etwas vergessen hat. So kehrt man um, findet das Gesuchte aber ohnehin nicht. Resultat: Am Ende bleibt noch weniger Zeit und man kommt statt ein bisschen gar viel zu spät.

Landl
siehe auch => **Mooslandl**: sensible Körperregion, über die man nur mit engsten Vertrauten oder Ärzten spricht.

Langenwang
Gesichtsausdruck, der mit großer Wahrscheinlichkeit auf Enttäuschung schließen lässt, wenn etwa die Braut (oder der Bräutigam) vor dem Altar stehen gelassen wird.

Lantschern
Ungenützten ländlichen Grundbesitz vollkommen verwahrlosen lassen, da man weder die Zeit noch die Energie hat sich auch noch um diesen verdammten Landstrich, der noch dazu im Nirgendwo liegt zu kümmern.

Lebern
Trotz des Konsums absurd hoher Alkoholmengen überleben, weil die Organe beschlossen haben doch nicht in Streik zu treten.

Lebring
Phase, kurz bevor totale Windstille eintritt. Wird im Segeljargon für eine sich anbahnende Wetteränderung benutzt, die ein verringertes Reisetempo bringt.

Lechen
Lächeln müssen, weil einem eine Katze das Gesicht leckt.

Leibnitz
Einer am selben Abend in einer Bar kennengelernten Eroberung schon vor der Wohnungstüre die Kleider vom Leib reißen.

Leims
Aufforderung des Gesellen an den Tapeziererlehrling, endlich das Plakat auf der dafür vorgesehenen Wand festzukleben.

Leising
Jemand, der nur die Mundbewegungen eines Liedtextes nachahmt und in Wahrheit kaum einen Ton rauslässt

in der Hoffnung, das es nie auffällt. Oft sind es einsame Menschen, die zwecks sozialem Anschluss in einem Chor beitreten, weil es dort unter den vielen Mitgliedern nicht auffällt, dass man gar nicht singen kann. Auch der eine oder andere Schlagerstar, der bei seinen Auftritten Playback performt, gilt geheimerweise als Leising.

Lemsitz
Beim Sitzen eine affenartige Haltung einnehmen – ähnlich jener der auf Madagaskar lebenden Lemuren (siehe auch => **Afram**).

Leoben
"Den da oben" nach einem gefährlichen Vorfall preisen, da man wider Erwarten am Leben geblieben ist.

Leutschach
Brettspiel mit lebendigen Figuren. Siehe dazu auch eine besondere Ausprägung dieses Spieles => **Waldschach**.

Liebenau
Spontaner Sex. Liebenau - ein Lehn-Begriff aus dem Englischen - wurde mit der sexuellen Revolution in den 60ern und 70ern populär, zumal Sex plötzlich allerorts und jederzeit erlaubt war. Was einst für Entrüstung (und Entblößung) sorgte, bewirkt heute kaum noch Erregung (außer vielleicht bei den unmittelbar am Akt Beteiligten).

Lieboch
Das panikartige, aber dennoch freudivolle Gefühl, wenn einem am Weg zum ersten Rendezvous das Herz bis zum Halse schlägt.

Lieschen
Sehr kleinwüchsige Bibliothekarin, die dem zu Unrecht bestehenden, aber weitverbreiteten Berufsimage eines Mauerblümchens durchaus gerecht wird.

Liezen
Aufdringliche weibliche Person, die man nach einem One-Night-Stand gar nicht schnell genug los werden möchte.

Ligist
Bei deutschen Urlaubern verbreitete Unsitte in Urlaubsdestinationen, Strandliegen schon vor deren Benutzung mit Badetüchern zu reservieren.

Loimeth
Russischer Arbeiter, dessen Gesicht rot angelaufen ist, weil er sich wegen der sibirischen Kälte jede erdenkliche Art von Alkohol als Frostschutz in die Birne schüttet.

Lutschaun
Anweisung an ein Kind, dem man soeben – nach unerträglichem, nervigem Geheul – nachgegeben und ein Eis gekauft hat.

Madstein
Völlig verrückte Klettertour – noch dazu mit einem verantwortungslosen Begleiter (siehe dazu auch => Frohnleiten).

Magdwiesen
Junges menschliches Geschöpf, das gerne den Paarungsakt in der freien Natur vollzieht, bevorzugt auf Blumenwiesen und in Getreidefeldern.

Mantscha
Italienische Süßspeise von breiig-schleimiger Konsistenz. Mantscha besteht traditionell aus stark verkochten Hirseflocken, geronnenem rohem Ei, Süßrahm, Gelatine und zerdrückten Bananen. In Teilen Norditaliens reicht man das Gericht auch mit in Grappa eingelegten Rosinen. Die Wortherkunft ist nicht mehr eindeutig nachweisbar, am wahrscheinlichsten ist eine Anlehnung an das italienische "mangiare".

Mariazell
Jene (offenbar bei Frauen öfter als bei Männern fehlende) Gehirnwindung, die für den Orientierungssinn entscheidend ist. Sagt man „Dir fehlt Mariazell", dann

ist nicht die Sehnsucht nach einem Ort gemeint, sondern eine charmante Umschreibung für „Du hast Dich schon wieder einmal verfahren!".

Mautern
Besonderes Bemühen, um sich ein Trinkgeld zu erschleichen. Als das Mautern schlechthin gilt ein Brauch bei Hochzeiten, um mittels Absperrung–Weggeld zu kassieren. Wird mit einem => **Passail** durchgeführt.

Maxlon
Bratpfannenbeschichtung mit dem höchstmöglichen Gehalt an Polytetrafluorethylen ("Teflon"). Eine Verwendung dieses Materials gilt allerdings als nicht ganz unbedenklich für die Gesundheit. Tierschützer machen die beim Erhitzen aufsteigenden giftigen Gase verantwortlich für das vorzeitige Ableben vieler Zimmervögel.

Auch in der Politik lassen sich neuerdings Akteure mit Maxlon beschichten, um sich untastbar zu machen. Als Maxlon wird überdies ein ständig verschuldeter Typ bezeichnet, der den Überziehungsrahmen seines Bankkontos immer bis zum Limit ausschöpft, dem das aber völlig egal ist.

Mellach
Lachen, weil man den Mehlrand um den Mund im Spiegel sieht, nachdem man zuvor ungehemmt einen riesigen Krapfen verschlungen hat.

Mitterlabill
Wankelmütiger Zustand, der verschiedenste Ursachen

haben kann. In dieser Gemütslage sollte man nicht Autofahren, oder Alkohol konsumieren und schon gar nicht zur Arbeit gehen.

Mixnitz
Geschickte, auf reichlich Erfahrung beruhende Überlebensphilosophie und -Garantie eines Trinkers.

Mochl
Ein selbsternannter Macher, der jedoch aufgrund seiner derben Geschäftsmethoden und seines rüden Auftretens ziemlich unsympathisch ist und zu Recht weithin negatives Ansehen genießt.

Modriach
Geruchserinnerung, etwa beim Öffnen einer alten Kiste, die bestimmte Assoziationen weckt – etwa an die alten Hauspatschen des Urgroßvaters. Kann auch von den tagelang in der Waschmaschine vergessenen Jeans herrühren.

Mortantsch
Tödlicher Ausgang einer Seniorentanzveranstaltung (meist infolge von Überanstrengung).

Mooslandl
Beginnende Intimbehaarung bei femininen pubertierenden Menschen. Siehe auch => **Rohrmoos.**

Mühlen
Sich bemühen trotz emotionaler Betroffenheit kühlen Kopf zu bewahren und sich nicht dazu hinreißen zu

lassen, zu sagen, was man wirklich denkt, weil dann negative Konsequenzen drohen würden (zum Beispiel dem Bundesheer-Aubildner nicht mitteilen, dass er ein vollkommen trotteliger Komplexler ist, weil man jedenfalls am Wochenende nach Hause fahren will).

Murau
Lautloses Fleckvieh, das aufgrund eines Atemwegsinfektes/einer Halsentzündung gerade nicht so gern muhen mag. Die einzigen Laute, die wahrzunehmen sind…. nein, lassen wir das!

Mureck
Jenes Geräusch, das Fleckviecher von sich geben, kurz bevor sie sich übergeben bzw. doch zum Wiederkauen ansetzen.

Mürzzuschlag
Nach einem unerfreulichen, aufwühlenden Gespräch mürrisch und ziemlich lautstark den Raum verlassen.

Naintsch
Fanatischer Gegner von vegetarischer Nahrung, der seine Haltung damit begründet, dass er Tofu schlecht findet und unter einer Soja-Unverträglichkeit leide.

Niederwölz|en
Auf die Bremse treten, ohne dass eine Wirkung eintritt, weil sich ein Ölfleck auf der Straße befindet oder die Bremsen defekt sind. Durch das Ausbleiben jeglicher Verzögerung bleibt dem Fahrer entweder die Möglichkeit auszuweichen oder alles niederzuwölzen.

Nitscha
In Richtung Wut tendierende Gefühlsregung beim Betrachten eines blutverschmierten Gemäldes, wobei man nicht einordnen kann, ob man das Gebotene nun für gelungene Kunst oder für kranken Aktionismus halten soll. Wobei das eine das andere nicht ausschließt. „Wenn ich das sehe, krieg ich gleich einen Nitscha!"

Neustift|en
Bei Superreichen und Konzernen beliebter Trick um große Geldsummen dem Zugriff der Finanz zu entziehen. Kurzerhand wird eine Stiftung gegründet, womit

Kapital steuerschonend geparkt wird. Im Gegensatz zum Stiften, das bekanntlich einen gemeinnützigen Zweck verfolgt, dient Neustiften egoistischen Motiven. Besonders hervorgetan haben sich diesbezüglich in der Vergangenheit Konzerne wie Ikea, Google, Amazon.

Obdach
Billige Absteige, in der bei Schlechtwetter Wasser eintritt und man sich zu fragen beginnt, ob man nicht ohnehin gleich im Freien nächtigen und sich das Geld für die Unterkunft sparen sollte.

Oberhaag
Kellner, der die Bestellung eines Gastes nach einem koffeinfreien Kaffee absichtlich ignoriert, weil er der Meinung ist, dass koffeinfreier Kaffee ebenso wie alkoholfreies Bier und auch der Gast selbst keinerlei Existenzberechtigung hat.

Öblarn|en
Eine in der Politik weit verbreitete Unsitte: In der Öffen-

tlichkeit viel reden und doch nichts sagen. Kann auch als Synonym für Nonsens herangezogen werden: „Red´ nicht so einen Öblarn!"

Oberlatein
Bedienung die den Lokalgästen maßlos übertriebene Geschichten aufschwatzt oder überhaupt gänzlich erfindet, um sich somit interessant zu machen und dadurch mehr Trinkgeld zu kriegen! Beeindruckt aber zumeist nur naive Touristen, die glauben, die übermäßige Zuwendung des Kellners sei landes- bzw. ortsüblich.

Oberlupitscheni
Relativ harmloses Schimpfwort, das einem entfährt, weil einem jemand, der es gut gemeint hat, einen Bärendienst erwiesen hat.

Als in den Neunziger-Jahren (der Zeit des aufkeimenden Kevinismus) unkonventionelle Namen wie Lupo oder Jennifer groß in Mode kamen wurde der bis dahin gängige Fluch „Jessasmaria" zusehens von „Lupitscheni" abgelöst. Das vorangestellte Ober- gilt als Steigerungsform, die den Fluch noch dramatisierend überhöhen soll.

Oberrakitsch
Besonders geschmackloser bzw wertloser Ramsch, der oft in Touristenvierteln oder auch auf Flohmärkten als ganz besonders angepriesen wird. Gelten z.B. Gartenzwerge eindeutig als Kitsch, so begegnet man ungefähr in jedem Souvenirladen der Welt Oberrakitsch.

Obersafen
Das Duschgel mit dem Brausestrahl abwaschen. Die Definition Obersafen bedeutet definitiv nicht: eine Extraportion Schlagobers zur Sachertorte bestellen, diese dann aber nicht aufessen.

Oberspitz
In der Gastronomie im Service tätiger junger Mann, der infolge seiner beruflichen Tätigkeit (und wegen der wirklich Kontakt-feindlichen Dienstzeiten im Gastronomiebereich) nicht in der Lage ist, private Kontakte aufzubauen und daher sexuell unausgelastet ist.
Das Oberspitz-Phänomen zeigt sich längst auch bei anderen Berufsgruppen: Waren es früher vor allem Bohrinselarbeiter, die unter dem Oberspitz litten so sind in jüngster Zeit immer öfter Ein-Personen-Unternehmer, die unter Kontaktmangel leiden, davon betroffen. Dauert ein oberspitzer Zustand allzu lange an, kann es bei Betroffenen zu spontanen Wutausbrüchen, Komatrinken, Pollution oder auch unvorhersehbaren Bordellbesuchen kommen.

Oberlaussa
Auf eine bestimmte Art getrimmter Schnurrbart, der die Oberlippe überdeckt und bei welchem ein kleiner Lippenansatz aussahängt. Sieht recht gruselig aus.

Oberzeiring
Ingenieur, der in extrem großer Höhe arbeitet und wegen des dortigen Sauerstoffmangels häufig vergisst Pause zu machen.

Obgrün
Im Verlauf einer Legislaturperiode auftretende Zweifel bei Wählerinnen und Wählern, die einer Umweltpartei ihre Stimmen gegeben haben. Tritt besonders verbreitet dort auf, wo Grün-Parteien eine Regierungsbeteiligung eingegangen und dort Juniorpartner sind.

Oisching
Abwertend verwendeter Begriff für einen alten Menschen, den man nicht ausstehen kann.

Oisnitz
Sein Scheitern eingestehen bzw. Ausdruck von Resignation meist in Verbindung mit einem Seufzer, wenn einem die Steuervorschreibung vom Finanzamt oder eine unvorhersehbare Rechnung ins Haus flattert.

Osterwitz
Jener immergleiche Scherz, den der vergessliche Großvater bei jedem heiligen Anlass alljährlich erzählt und bei dem immer alle pflichtbewusst lachen (müssen).

P

Palfau|en
Undeutliches Sprechen nach dem Zahnarztbesuch, weil die Spritze immer noch ausreichend wirkt, um Gesicht und Zunge zu lähmen, jedoch bereits so weit auslässt, dass die Schmerzen sich zu melden beginnen.

Passail
Beim => **Mautern** wird ein Passail verwendet, um die Menschen zwecks finanzieller „Erleichterung" daran zu hindern den Weg zu passieren.

Peggau
Sich beim Eierpecken leicht verletzen z.B. ins Leere pecken und dann mit den Köpfen zusammenstoßen.

Petzles
Gegend, in der die Wahrscheinlichkeit auf einen Bären zu treffen äußerst gering ist. Jedoch kann man sich dort sehr wohl problemlos einen Bären aufbinden lassen.

Pinggau
Den Tischtennisball mitten aufs Auge bekommen, was erhebliche Schmerzen mit sich bringen kann (im Salzburgerischen auch als Pongau bezeichnet).

Pirka
Jugendlicher, der beim Vorsatz, sich piercen zu lassen, aus Angst vor dem exorbitanten Schmerz im letzten Moment Reißaus nimmt.

Pisching
Laut, der entsteht, wenn man jemanden in betrunkenem Zustand im Flüsterton zurechtweist, er möge doch etwas leiser sein. Daraus hat sich letztlich der Begriff pischingen entwickelt, der auch eine Szenerie beschreibt, die Besucher von Veranstaltungen der weniger gehobenen Kategorie wie Oktoberfesten oder Fußballspielen kennen dürften: etwas angesäuselt singend am Pissoir seine Notdurft verrichtet.

Pischk
Tiroler, der serbokroatisch lernt.

Plenzengreith
Die sexuellen, jedoch plump und unkoordiniert anmutenden Bemühungen einer dicklichen und nicht mehr ganz nüchternen Frau, die nicht unten liegen mag.

Plesch
Finanziell total abgebrannter Typ, der aber unglaublich gut aussieht und daher heftig umschwärmt wird.

Pogusch|en
Reaktion auf ein deutlich hörbares Geräusch, meist aus Blähungen resultierend, das den Verursacher erröten lässt. Um klar zumachen, dass dies nicht das war, was alle deutlich vernommen haben, versucht der Betroffene

plump und auffällig davon abzulenken – zu poguschen –, woraufhin dann alle ganz sicher wissen, dass er derjenige war.

Pöllau
Zaghaft bellender Hund, der sich nicht traut seinen Besitzer zu wecken, weil er dafür immer geschimpft wird (und daher mit der Zeit schüchtern geworden ist), der aber dennoch pflichtbewusst tut, was er tun muss.

Pöls
Anregende, durchblutungsfördernde Emulsion auf Ölbasis, die den Puls in die Höhe treibt und angeblich auch potenzsteigernd wirkt.

Ponigl
Kleines Stachelpferd; ein Fabelwesen, das aus der Kreuzung eines kleines Pferdes und eines Igels hervorgegangen sein soll. Bis heute bleiben die Anthropologen allerdings eine Erklärung schuldig, wie diese Kreuzung in der Praxis funktioniert haben soll und wo diese Wesen vorkommen.

Poppenforst
Tagtraum eines sexuell unausgelasteten Waldarbeiters. Obwohl selbige für ihre berufliche Tätigkeit zumeist besondere körperliche Voraussetzungen wie viel Kraft und Ausdauer mitbringen, wird ihre sexuelle Leistungsfähigkeit nur zu einem Bruchteil ausgereizt. Überdies bleibt Ihre Paarungswilligkeit oftmals unerfüllt, weil man sich im Wald außer einer Hose, einem Arbeitshandschuh oder der Haut eher selten etwas aufreißen kann.

Possegg
Besitzer einer Legebatterie.

Präbichl
Abfälliger Begriff für ein deutlich zu langes Vorwort in einem schlechten Buch.

Prentern
Zu früh auf das einlaufende Boot am Kai springen, sodass man es verfehlt und in der grauslich stinkenden Hafenbrühe landet.

Pretul
Im Dreck stecken bzw. sich in einer peinlichen Situation wiederfinden. Oftmals hilft ein einfacher => **Tulwitz** um die Lage zu entschärfen oder aufzulösen.

Proleb
Euphorisches, lebensbejahendes Glücksgefühl etwa, wenn man erfährt, dass man Vater wird (oder, dass man doch nicht Vater wird).

Pruggern
Streit suchen/sich gerne in Raufereien verwickeln lassen. Als vielversprechender Einstieg für eine Prügelei empfiehlt sich die Frage: „Was schaust denn so blöd?"

Puntigam
Beliebtes Spiel unter betrunkenen Jugendlichen, bei dem eine Bierflasche geschüttelt wird und dann von dem demjenigen geöffnet werden muss, der am kürzesten einbeinig auf demselben Punkt stehen kann. Hat das Fla-

schendrehen als beliebtestes Trinkspiel abgelöst, da man beim Puntigam auch eine sportliche Komponente dabei hat.

Pusterwald
Ziemlich kuriose Trendsportart, die nur im Herbst Saison hat und bei der die Akteure versuchen, mit bloßer Atemluft die Blätter von den Bäumen zu blasen.

Quilk
Skateboard-Trick, der noch nie funktioniert hat, weil der ausübende Milchbub noch im Wachstum ist und daher Koordinationsstörungen hat. Oder weil der Halbwüchsige einfach zu bekifft ist, den Trick sturzfrei zu absolvieren.

R

Raaba
Bankräuber, der sich in seiner beruflichen Tätigkeit auf den Überfall von Banken des Raiffeisen-Konzernes spezialisiert hat, weil er einst von selbigen keinen Kredit gewährt bekam.

Radmer
Unzureichender Fitnesszustand eines Mountainbikers, der beispielsweise eine Alpenüberquerung plant. Um einen Trainingsrückstand zu kompensieren, führt kein Weg an Radmer vorbei.

Radochen
Spontaner Hustenanfall nach zu intensiver Inhalation einer filterlosen Zigarette. Endet meist mit einem Röcheln. Und damit, dass man die Zigarette umgehend ausdämpft.

Ragnitz
Kupierter Schweif eines Hundes.

Ramsau
a) Schwein mit besonders großem Nahrungsspeicher b) Fahrer eines Dodge-Pickups, der besonders rücksichtslos unterwegs ist und sich dabei auch noch gut vorkommt.

Rannach
Der losfahrenden Straßenbahn vergebens hinterherhecheln, und dann wegen Atemnot aufgeben, obwohl man bereits auf Höhe der Fahrerkabine war. Zur Aufgabe führt nicht etwa mangelnde läuferische Begabung, sondern zumeist die Einsicht, dass der Fahrer ohnehin nie vor hatte anzuhalten. Zumeist beschleunigt er die Straßenbahn nämlich gerade so, dass er den neben herlaufenden Möchtegern-Passagier nicht sehen kann bzw. muss.

Ratsch an der Weinstraße:
Beim Betreten eines Weinkellers mit der Tasche seines nagelneuen Joop-Sakkos an der Türschnalle hängenbleiben.

Ratten
Jemand absichtlich einen falschen Rat geben, um sich daraus selbst einen Vorteil zu verschaffen.

Rauden
Versuch sich in einer Besprechung dezent zu räuspern, was jedoch wegen eines dadurch hervorgerufenen Hustenanfalls kläglich scheitert.

Rudres
Bootsregatta für eine gute Sache, denn der Erlös wird einer karitativen Sache zugeführt.

Rauden
Jene widerborstige Eisschicht, die man nach einer Nacht mit gefrierendem Regen morgens von der Scheibe des Autos kratzt.

Retsch
Voller Schadenfreude registrieren, dass dem bei allen so unbeliebten Kollegen beim Hinsetzen die Hose geplatzt ist. Das freudige Ätsch sollte man allerdings im Sinne eines akzeptablen Arbeitsklimas nicht laut artikulieren, man ist besser beraten, die Panne schweigend zu genießen.

Rittschein
Ursprüngliche Bedeutung: Trinkgeld für eine Prostituierte. Heute: Unförmige Schatten, welche während eines Beischlafes von einer brennenden Kerze auf die Wand projiziert werden.

Rohr
Ohr, das rot anläuft, weil man bei etwas Peinlichem ertappt wurde oder etwas Peinliches von sich gegeben hat und sich nun dafür schämt. Die Rötung des Hörorgans kann mitunter sehr kräftig ausfallen.

Rohrmoos
Beginnende Intimbehaarung bei maskulinen pubertierenden Jugendlichen. Siehe auch => **Mooslandl.**

Rottenmann
Verdorbener, echt fertiger Typ, der sich bis heute seine Sexsucht nicht eingestanden hat und mittels Drogen oder irgendwelcher dubiosen Substanzen versucht, den 68er-Spirit in die Jetzt-Zeit hinüberzuretten.

Rötz|en
Versuch einen Nasenpopel mit dem Zeigefinger wegzuschnippen, was aber selten beim ersten Mal gelingt. So bleibt er meist verlässlich am Finger kleben.

Salla
Geschlossener Veranstaltungsort, der beim Publikum – aus welchen Gründen auch immer (zum Beispiel weil der Raum nicht nach Feng Shui ausgerichtet wurde) – keinen oder nur wenig Zuspruch findet. Hat schon so manchen Eventmanager ruiniert.

Sajach
Ackerland, das für den Anbau von Soja aus unerfindlichen Gründen ungeeignet ist.

Salsach
Die würzig-scharfe Soße auf das neue Sommerkleid schütten.

Salzstiegl
Bierartig schäumendes, gelbliches Gebräu, das aber nach Meerwasser schmeckt. Kann auch daher rühren, dass jemand zuvor den Salzstreuer vom Tisch im Bierglas versenkt hat.

Sausal
Wütend aus dem Saal eilen, weil einem jemand vor allen Anwesenden in der Sitzung die unbequeme Wahrheit gesagt hat.

Schäffern
Sich ganz schön zum Affen machen – nur weil man glaubt, auf einer Party die Stimmung retten zu müssen – bis es allen total peinlich wird. „Dein Schäffern hat uns gestern gerade noch gefehlt!"

Schachen
Hemmungslos auf der Toilette lachen, während man sitzend sein Geschäft verrichtet. Ursprünglich waren es Adelige, welche das Schachen salonfähig machten, weil einst nur sie sich derart luxuriöse Toilettanlagen leisten konnten, auf denen man auch sitzen konnte (und deswegen leicht lachen hatte). Daher rührt auch der Begriff **Grafenschachen.**

Scheifling
Beim Rausschmiss bzw. der Kündigung Würde und Haltung bewahren. Hochdeutsch: schön fliegen – etwa in hohem Bogen von der Schule.

Schlattham
Sich matt von der Arbeit oder aus dem Wirtshaus nach Hause schleppen.

Schnellerviertel
Trinkwettbewerb, der nach dem K.-O.-System ausgetragen wird. Die Besten trefffen im Viertelfinale aufeinander. Um am Schnellerviertel teilnehmen zu können, ist eine Qualifikation am => **Eichberg** vonnöten.

Schönaich
Alkoholmenge, die benötigt wird, um das Gegenüber schön zu trinken. Hängt von der Alkoholkonzentration Vol%, aber auch vom Justierungsnotwendigkeitsfaktor Jab. Je höher J desto größer sollte Vol% gewählt werden.

Schöneben
Attraktive weibliche Persönlichkeit, die erst seit ihrer Brustverkleinerung so richtig mit sich selbst zufrieden ist.

Schöder
Attraktiver, aber langweiliger Typ Mensch, der zwar optisch ansprechend, aber ansonsten eher öde ist. Kurz nach Beginn der Konversation mit dieser Person befindet man sich gedanklich bereits wieder ganz woanders und wünscht sich das Gespräch hätte nie begonnen.

Schrötten
Sein Fahrzeug besonders schön zu Schrott fahren. Zum Gesamteindruck zählt nicht nur die Ästhetik des Unfalls selbst, sondern auch jene des zurückgebliebenen

Wracks. Beim Schrötten bleiben schwerwiegende Verletzung der FahrerInnen gottlob aus, denn wie sonst sollten sie hinterher ausführlich vom spektakulären Hergang schwärmen können.

Seckau
Jemandem solange auf den Geist gehen bis es demjenigen Schmerzen bereitet – nötigenfalls auch durch Zwicken. Besonders Kinder versuchen so, Aufmerksamkeit zu erlangen bzw. das Gewünschte zu bekommen.

Semriach
Frühmorgendlicher, Appetit anregender Geruch, der einem in die Nase strömt, da man sich einer Bäckerei nähert.

Siebing
Ingwer mit einer Knoblauchpresse zerdrücken. Sollten sie mal ausprobieren, funktioniert bestens!

Sillweg
Falsche Route, die einem das billige, ohne Update-Funktion für Kartenmaterial ausgestattete Navigationsgerät angesagt hat.

Soboth
Begriff aus dem Versicherungswesen – beide Seiten sind schuldig. Wenn infolge eines Unfalles auch eine Gerichtsverhandlung nicht eindeutig einen Alleinschuldigen ermitteln kann, spricht der Richter den Soboth.

Söchau
Sich beim Grillen die Finger verbrennen, weil man keine Grillzange hat, um die Würstchen zu wenden. Auch sich beim Einheizen der Selchkammer eine Brandwunde zuziehen, wird als Söchau bezeichnet.

Sölk
Nach einer Grillparty nach Alkohol, Rauch und Öl stinkende Person. Zumeist ist dies der Grill-Meister selbst, dem seine Frau zu Ende der Veranstaltung folgendes flüstert: „Du schläfst heute auf der Wohnzimmer-Couch, du stinkst wie ein Sölk!"

Stadl
Betrunkener, der sich am Nachhauseweg total bemüht leise zu lallen, weil er sich das Donnerwetter seiner längst zu Bett gegangenen Partnerin ersparen will.

Stainach
Erleichterter Ausruf eines Wanderers, der in einer Pause seine Schuhe umdreht und bemerkt, dass es ja doch ein Steinchen war, das ihm kilometerweit Schmerzen im Fuß beschert hat

Stainz
Unkultivierter Mensch, der Manieren wie ein Steinzeit-Mensch hat und sich benimmt, als wäre er alleine da. z.B. indem er schon vor der Buffeteröffnung seinen Teller vollräumt und beim Verzehr laut schmatzt und rülpst.
Im Tirolerischen: Ursprünglich vom Teilen der Jause herrührend wird auch das Ausbezahlen eines Anteils mit den Worten „Isch Deins!" bezeichnet.

Stang
Etwa um ein Sechstel gekürzte/abgeschnittene Stange.

Stegg
Gegrilltes oder gebratenes Filetfleisch serviert mit einem Spiegelei obendrauf.

Steinreib
Druck- bzw. Reibestelle im Schuh, die nach dem Durchschreiten einer Schotterpassage unvermittelt auftritt. Der Begriff Steinreib wird jedoch auch verwendet, wenn man auf einer Naturtribüne oder in einem Amphitheater nur noch einen dieser unkomfortablen, harten Sitzplätze ergattert hat.

St. Gallen
Pilgerort für Menschen mit Erkrankungen im Verdauungssystem. Warum der Ort die Heiligsprechung erlangte, ist vollkommen rätselhaft, da keine Heilungen von Gallenerkrankungen, die vom Besuch des Ortes herrühren, überliefert sind.

Stiwoll
Plötzliche Stille nach einer bis dahin angeregten Debatte, in der man dann unbedingt schnell etwas sagen will, um den peinlichen Moment aufzulösen.

Stocking
Steinalter Elvis-Imitator, der den Mikrofonständer auf der Bühne als Stütze braucht. Der Stocking ist der König des Rollator-Rock 'n Roll.

Stojen
Den in japanischen Yen veranlagten Fremdwährungskredit wegen sinkendem Kurswert eilig stornieren.

Straden
Mit dem Fahrrad herumstreunen – oft von Minderjährigen praktiziert, die noch zu jung für das Mopedfahren sind.

Strallegg
Lustiger Gartenschlauch, der wegen seiner unzähligen Löcher kaum mehr in die gewünschte Richtung sprüht und daher unbrauchbar ist.

T

Takern
Mit den Fingerkuppen auf der Tischplatte den Takt/Rhythmus eines Liedes mittippen.

Tauplitz
Bei der Wehrdienstbefähigungsuntersuchung durch die Stellungskommission des Bundesheeres die höchstmögliche Punktezahl erreichen. Gratuliere, sie sind tauplitz!

Tebrin
Bedienung in einem japanischen Teehaus.

Teipl
Ein als Perchte verkleideter Typ, der sich beim Maskenlauf wie ein Volltrottel gebärdet und über die Stränge schlägt, weil er sich in der Anonymität hinter der Maske in Sicherheit wähnt und außerdem sturzbetrunken ist.

Tieschen
Jemandem ein peinlich tiefes, geschmackloses Geschenk machen, das der Beschenkte noch dazu vor allen Leuten auspacken muss, zum Beispiel einen Vibrator, eine Herrenhandtasche oder einen Gutschein für eine Fettabsaugung.

Tipschern
Die gut aussehende Sekretärin mit platten und peinlichen Sprüchen anbaggern bzw. sogar sexuell belästigen.

Tobis
Überaus wütende Person, der man jetzt besser nicht zu nahe kommen sollte, weil man nicht sicher sein kann ob sie nicht jeden Moment zubeißt.

Tollinggraben
Ein beliebtes Kinderspiel bei dem es darum geht, sich solange in Kreis zu drehen, bis man vor Schwindel zu Boden fällt. Gewinner ist, wer die meisten Umdrehungen schafft.

Traboch
Spontanes Schwindelgefühl begleitet von einem Hämmern im Kopf, das einen befällt, wenn die Gemahlin irgendetwas von Verwandtenbesuchen oder Gartenarbeit erwähnt. Meist lässt die Ehefrau diesen Zustand jedoch nicht als Ausrede gelten, um sich den erwähnten Tätigkeiten entziehen zu können, obwohl weder Schwindelgefühl noch das Hämmern vorgetäuscht sind.

Trag
Tragisch verlaufende Handlung in einem Tagtraum.

Tratten
Sich von jemandem verabschieden, um danach festzustellen, dass man denselben Weg hat. Man trottet also Seite an Seite weiter und bemüht sich höflich den Dialog am Leben zu halten, kommt aber angesichts der Überfor-

derung außer Tritt und denkt sich: warum hab ich Idiot nicht ein Taxi gerufen?

Trahütten
Sich allein zuhause besaufen und stockbetrunken zu Bett gehen.

Treglwang
Gealterte, herabhängende Gesichtshaut, die es immer öfter gibt, seit die Lebenserwartung signifikat gestiegen ist. Dank Schönheitschirurgie vorübergehend behebbar.

Tregist
Fanatischer Faulpelz, der kaum bereit ist, Leistung abzuliefern. Nur in äußersten Notsituationen ergreift er die Initiative und wird mobil – etwa wenn der Biervorrat zuneige geht oder im Winter die Heizung ausgefallen ist.

Trieben
Auf Lebenszeit verdrängte, aber dennoch peridodisch wiederkehrende Erinnerung an einen wenig erfreulichen Paarungsakt, bei welchem der Sexualpartner nur aufgrund von Alkoholisierung ausgewählt wurde oder wegen dem man nach wie vor Alimente zahlen muss (beide Umstände können auch zusammen auftreten).

Trofaiach
Im letzten Moment ein Spiel verlieren, nachdem man die Trophäe schon in seinen Händen wähnte.

Tulwitz
Skurille Ausrede, die hilft sich aus einer misslichen Lage

zu befreien, z. B. wenn man im Bett vom Ehepartner seiner Affäre erwischt wird und sagt: Wir haben nur geredet!

Turnau|en
Unsportlicher Teenager, der sich in Folge starken Wachstums in der Pubertät beim Geräteturnen sehr ungeschickt anstellt und oftmals verletzt. Turnauen zählt heutzutage längst zur Normalität, da in den Schulen der Turnunterrricht eher stiefmütterlich gehandhabt wird und die Unbeweglichkeit und Bewegungsuntauglichkeit der jungen Leute rasant zunimmt.

Turrach
Der bestialisch stinkende Qualm der überhitzten Bremsen eines Autos nach einer viel zu rasanten Talfahrt. Siehe dazu auch => **Niederwölz.**

Tutschach
Ärgerliches Keuchen, das einem nach einem Auffahrunfall mit leichtem Blechschaden entfährt.

Tutten
Rasend vor Wut die Hupe betätigen, weil der Trottel da vorne bei Grün nicht losfährt. Zumeist völlig wirkungslos, weil es dem da vorne meist vollkommen tutten oder er ohnehin völlig taub ist.

Übelbach
a) Gewässer, an dem sich vom Vorabend infolge übermäßigen Alkoholkonsums Gezeichnete nach einer Hüttenparty laben, nachdem sie den => **Kotzgraben** hinter sich gelassen haben.
b) Vollkommen missratene Flussregulierung.

Übelstein
Fels an dem Wanderer sich abstützen, nachdem sie a) zu rasch unterwegs waren b) zuviel Enzianschnaps beim Almwirt konsumiert haben.

Unterlamm
Junges Schäfchen, das durch eine Lücke im Weidezaun entwischt und beim Überqueren der nächsten apshaltierten Straße von einem betrunkenen SUV-Fahrer überrollt wird.

Unterspitz
Nachlassender Sexualtrieb bei Männern in der Midlife Crisis.

Unterstorcha
Rauchfang eines Hauses, der von einem Vogelnest bedeckt wird.

Untertressen
Für den Anlass völlig unpassend gekleidet erscheinen, beispielsweise zu einem Begräbnis eines honorigen Professors im Latex-Kleid oder zu einer Hippie-Party im Steireranzug.

Urgental
Im Ski-Urlaub dringend rasch zu Tal fahren müssen, weil man dort die Toilette aufsuchen muss.

Veitsch
Sich nicht trauen, die neue, riesige Wasserrutsche im öffentlichen Schwimmbad auszuprobieren.

Vochera
Stammgast, der alljährlich zur selben Zeit im Hotel auftaucht, um genau eine Woche lang Urlaub zu machen.

Vogau
Beim Motorradfahren mit einem Vogel kollidieren.

Vorau
Schmerzhafte Panne, bei welcher man sich ein besonders sensibles Hautstück im Reißverschluss der Jeans einklemmt, weil man morgens keine frische Unterhose gefunden und daher darauf verzichtet hat. Siehe dazu auch => Ziprein.

Vorderlainsach
Aufdringlicher Konzertbesucher, der den Vorderleuten lautstark die Songtexte in die Ohren plärrt, weil er glaubt, er sei der Einzige im Publikum, der die Texte auswendig mitsingen kann. Führt zum vorzeitigen Verlassen der Veranstaltung entweder des Störefrieds, weil ihn die Security hinauswirft oder des Besuchers, der genervt den Saal verlässt.

Vornholz
Menschliches Wesen mit großem Brustumfang und eher zierlichem Hinterteil.

Wagenhals
Sich getrauen während der Autofahrt bei hoher Geschwindigkeit den Kopf aus dem offenen Schiebedach zu stecken.

Wagna
Mit dem Fahrzeug zur örtlichen Brückenwaage – zumeist beim Lagerhaus – fahren. Dort stellt man entsetzt fest, dass man das zu wiegende Ladegut gar nicht dabei hat, der Anhänger also leer ist und so zieht man unverrichteter Dinge ab.

Waldschach
Sagenumwobenes Spiel mit lebensgroßen Figuren, wobei niemand jemals ein Spiel zu Ende spielen konnte, da im dichten Wald immer wieder Figuren verloren gingen. Im Gegensatz zum berühmten Brettspiel heißt beim Waldschach der Bauer Förster. Er ist auch gleichzeitig der König. Der Läufer hingegen ist ein Schwimmer oder Springer. Aber das weiß man nicht so genau ...

Weng im Gesäuse
Leichtes Ohrensausen, das von wenig Wasser im Ohr stammen kann. Aber auch Verspannungen in der Hals-

muskulatur oder eine leichte Mittelohrentzündung können sich durch Weng im Gesäuse ankündigen.

Weiz
Undefinierbarer Farbton, der zwar Weiß-Anteile enthält, aber eben doch nicht weiß ist. Beispiele: Schnee in Industriegebieten, recycletes Toilettenpapier, alte Hemden.

Wenigzell
Hoffnungslos überfülltes Gefängnis.

Weinitzen
Fälschlicherweise wird das Weinitzen oft auf das mit Trunkenheit im Zusammenhang stehende Lallen bezogen; tatsächlich bedeutet es jedoch jenen Zustand nach einigen Achterln Rebensaftes, bei dem es nicht mehr auf Anhieb gelingt, sich vom Platz zu erheben. Auch wenn der Geist in solchen Momenten selig und ausbalanciert scheint, der Körper ist es nicht (mehr). Man bleibt also infolge des Weinkonsumes erst einmal sitzen.

Wenireith
Selbstbewusste Macho-Frau, die sich nimmt, was sie braucht. Ursprünglich entstammt der Begriff der Antwort einer fremdgehenden Ehefrau auf den Vorwurf des Mannes („Wen i reit, lass mei Sorge sein!"), fand jedoch mit Fortschreiten der Emanzipation als Substantiv Eingang in den Sprachgebrauch.

Wetzawinkel
Geheimer Ort, wo man sich unbeobachtet wähnt und der sich daher hervorragend für amoröse Abenteuer eignet.

Bei genauem Hinsehen bzw. sobald sich die Pupillen den dürftigen Lichtverhältnissen angepasst haben, erkennt man allerdings doch eine ganze Mange Pärchen, welche ganz offensichtlich dieselbe Idee hatten.

Wielfresen
Scheinbares endlos lange andauerndes Hungergefühl, das auch nach dem Konsum einer Wurstsemmel und einer Packung Chips weiter besteht.

Wielitsch
Süßlicher Geschmack, der an die Früchte des Litschibaumes erinnert. Nachdem aber ausschließlich die Früchte des Litschibaumes an diesen typischen Geschmack erinnern ist Wielitsch einer der sinnlosesten und überflüssigen Begriffe überhaupt!

Wies
Frage eines Hobbywinzers, der erstmals eine Weindegustation abhält. Es wird im Sinne der Vermeidung von Missverständnissen dringend geraten eine ehrliche Antwort zu geben, den es nützt ihnen nichts, wenn sie die ungenießbare Brühe als harmonischen Tropfen mit Heidelbeer-Note und hinreißendem Abgang feiern und dann fortan zu jeder Fusel-Verkostung eingeladen warden. Denken sie schon beim ersten Schluck daran: Wollen sie sich künftig regelmäßig ihren Schlund verätzen?

Wildon
Der Versuch, im Ärger etwas zu sagen, aber letztlich doch kein Wort herausbringen.

Wuggitz
Junges Schwein, das glaubt ein Rehkitz zu sein und versucht die Bewegungen des Rotwildes zu imitieren.

Wundschuh
Deutlich sichtbare Verschleißerscheinungen des Fußkleides am Ende einer Pilgerreise.

Wuschan
Soeben erst aufwändig neu gestylte Frisur, die durch einen unvermittelt einsetzenden Platzregen zerstört wird. Als Wuschan wird auch jene Aktion in amerikanischen Sportarten bezeichnet, bei welcher der Erfolgstrainer nach einem Titelgewinn von hinten eine Tonne voller Wasser über den Kopf geschüttet bekommt.

Wutschdorf
Ortschaft mit extrem jähzornigen Bewohnern, die lautstark vor sich hinfluchend durch die Straßen gehen. Oftmals sind es Wasseradern, die den Bewohnern schlaflose Nächte bescheren und somit für Unausgeglichenheit und Missstimmung sorgen, mitunter aber auch die politischen Akteure des Ortes. Wutschdörfer sind grundsätzlich nicht für touristische Zwecke geeignet, außer man will Touristen aus anderen Wutschdörfern anlocken, damit diese sich dort wie Zuhause fühlen können.

Z

Zeierling
Zögerlich auftretender Mensch, der sich nicht traut seine heimliche Liebe anzusprechen und sehr darunter leidet, was ihm zu allem Übel auch noch einen säuerlich anmutenden Gesichtsausdruck verleiht, der ihn erst recht unvermittelbar macht.

Zelting
Pfadfinder, der sich auf das extreme genau Aufbauen von Zeltlagern etwas einbildet. Der Zelting ist sich auch nicht zu blöd andere selbst auf kleinste Ungenauigkeiten hinzuweisen. Während die Kollegen längst gemütlich ums Lagerfeuer sitzen, inspiziert er noch die korrekte Ausrichtung und den Aufbau der Zelte.

Zeltweg
Campingplatz, der nur von naiven Touristen gebucht wird. Exponiert gelegen und nicht von einem Wachdienst oder Überwachungskameras beschützt, wird der Campingplatz mit großer Wahrscheinlichkeit von Dieben heimgesucht.

Zerlach
Spontaner Lachanfall ohne konkreten Auslöser, der überhaupt nicht mehr enden will.

Zettelbach
Mühlgang/Kanal voll papierenem Treibgut, weil ein wütender Büroangestellter Unterlagen schnurstracks aus dem Fenster in das darunter vorbeiführende Gerinne geschmissen hat.

Ziprein
Die Hose verkehrt herum anziehen, also mit der Innenseite nach außen gestülpt. Spätestens beim Schließen des Reißverschlusses sollte einem auffallen, dass da etwas nicht stimmt. Minimiert jedoch besonders bei Männern signifikant das Risiko eines => **Vorau.**

Zirknitz
Sich anbahnende Impotenz bei Männers auf Grund von Zirkulationsstörungen im Blutkreislauf. Oder wegen des Alters. Oder wegen beidem.

Zlatten
Ziemlich groß gewachsener Mensch slawischer Herkunft.

Zwaring
Doppelpackung Ringe, die besonders gerne zum Zwecke von Verehelichungen erworben wird. Anders als bei anderen Doppelpackungen kriegt man für Zwaring jedoch so gut wie nie Rabatt – im Gegenteil: Oftmals sind sie sogar noch viel viel teurer (spätestens, wenn die Ehe später einmal in Brüche gehen sollte ...).

Ortsverzeichnis von A bis Z

Admont (Bezirk Liezen)
Adriach (Gemeinde Frohnleiten, Bez. Graz-Umgebung)
Affental (Bezirk Weiz)
Aflenz (Bezirk Mürzzuschlag)
Afram (Gemeinde Wildon, Bezirk Leibnitz)
Aigen (Bezirk Liezen)
Altaussee (Bezirk Liezen)
Alpl (Gemeinde Krieglach, Bezirk Bruck-Mürzzuschlag)
Andritz (Bezirk in Graz)
Angenofen (Gemeinde Stainz, Bezirk Deutschlandsberg)
Anger (Bezirk Weiz)
Arnfels (Bezirk Leibnitz)
Arnwiesen (Gemeinde Gleisdorf, Bezirk Weiz)
Aschnull (Gemeine Heiligenkreuz am Waasen, Bezirk Leibnitz)
Aug-Radisch (Gemeinde Gnas, Bezirk Südoststeiermark)

Bad Aussee (Bezirk Liezen)
Bad Gams (Gemeinde und Bezirk Deutschlandsberg)
Baldau (St. Georgen a. d. Stiefing, Bezirk Leibnitz)
Bergen (Dechantskirchen, Hartberg-Fürstenfeld)
Bergen-Egg (Gemeinde Wildon, Bezirk Leibnitz)
Bierbaum am Auersbach (Gemeinde St. Peter am Ottersbach, Bezirk Südoststeiermark)
Bad **Blumau** (Bezirk Hartberg-Fürstenfeld)
Burgau (Bezirk Hartberg-Fürstenfeld)

Diemlern (Gemeinde Mitterberg-St. Martin, Bezirk Liezen)
Dietzen (Gemeinde Halbenrain, Bez. Südoststeiermark)

Dirnreith (Gemeinde St. Margarethen an der Raab, Bezirk Weiz)
Dobl (Gemeinde Dobl-Zwaring, Bezirk Graz-Umgebung)
Donawitz (Gemeinde und politischer Bezirk Leoben)

Edelschrott (Bezirk Voitsberg)
Eggreith (Gemeinde Feldbach, Bezirk Südoststeiermark)
Eichberg (Gemeinde Rohrbach an der Lafnitz, Bezirk Hartberg-Fürstenfeld)
Eichkögl (Bezirk Südoststeiermark)
Eisenerz (Bezirk Leoben)
Eselsberg (Gemeinde Oberwölz, Bezirk Murau)
Etmißl (Bezirk Bruck an der Mur)
Ewitsch (Gemeinde Ehrenhausen, Bezirk Leibnitz)

Fading (Gemeinde Dobl-Zwaring, Bezirk Leibnitz)
Fantsch (Gemeinde St. Andrä-Höch, Bezirk Leibnitz)
Fehring (Bezirk Südoststeiermark)
Fernitz (Bezirk Graz Umgebung)
Fladnitz an der Teichalm (Bezirk Weiz)
Floing (Bezirk Weiz)
Fölling (Gemeinde Weinitzen, Bezirk Graz-Umgebung)
Freßnitz (Gemeinde Gratkorn, Bezirk Graz-Umgebung)
Frohnleiten (Bezirk Graz-Umgebung)
Furth (Gemeinde St. Peter ob Judenburg, Bezirk Murtal)
Fuscht (Gemeinde Sankt Lorenzen im Mürztal, Bezirk Bruck-Mürzzuschlag)

Gaal (Bezirk Murtal)
Gaberl (Gemeinde Maria Lankowitz, Bezirk Voitsberg)
Gaishorn (Bezirk Liezen)
Ganz (Gem. Mürzzuschlag, Bez. Bruck-Mürzzuschlag)

Garanas (Bad Schwanberg, Bezirk Deutschlandsberg)
Gasen (Bezirk Weiz)
Gatschen (Gemeinde Aigen im Ennstal, Bezirk Liezen)
Gamlitz (Bezirk Leibnitz)
Gimplach (Gemeinde Trofaiach, Bezirk Leoben)
Glanz an der Weinstraße (Gem. Leutschach an der Weinstraße, Bezirk Leibnitz)
Glatzau (Gemeinde Kirchbach, Bezirk Südoststeiermark)
Glauning (Gemeinde St. Peter am Ottersbach, Bezirk Südoststeiermark)
Glawoggen (Gemeinde St. Margarethen an der Raab, Südoststeiermark)
Glojach (Gemeinde St. Stefan im Rosental, Bezirk Südoststeiermark)
Gnas (Bezirk Südoststeiermark)
Gniebing-Weißenbach (Gemeinde Feldbach, Bezirk Südoststeiermark)
Götzau (Gem. Heiligenkreuz am Waasen, Bezirk Leibnitz)
Graggerer (Gemeinde Stainz, Bezirk Deutschlandsberg)
Gralla (Bezirk Leibnitz)
Grambach (Gem. Raaba-Grambach, Bez. Graz-Umgebung)
Graschuh (Gemeinde Stainz. Bezirk Deutschlandsberg)
Gratkorn (Bezirk Graz-Umgebung)
Gratwein (Gemeinde Gratwein-Straßengel, Bezirk Graz-Umgebung)
Grimming (Berg im Bezirk Liezen)
Großklein (Bezirk Leibnitz)
Großlobming (Bezirk Murtal)
Großsulz (Gemeinde Kalsdorf, Bezirk Graz-Umgebung)
Grötsch (Gemeinde St. Nikolai im Sausal, Bezirk Leibnitz)
Grundlsee (Bezirk Leibnitz)
Gstatterboden im Gesäuse (Gem. Admont, Bez. Liezen)

Gugga (Gem. Kapfenberg, Bezirk Bruck-Mürzzuschlag)
Gutenacker (Gemeinde St. Martin im Sulmtal, Bezirk Deutschlandsberg)

Hadernigg (Gem. Eibiswald, Bezirk Deutschlandsberg)
Halbenrain (Bezirk Südoststeiermark)
Hartl (Bezirk Hartberg-Fürstenfeld)
Hasreith (Gemeinde Groß Sankt Florian, Bezirk Deutschlandsberg)
Heimschuh (Bezirk Leibnitz)
Hengsberg (Bezirk Leibnitz)
Hieflau (Gemeinde Landl, Bezirk Liezen)
Hinterlainsach (Gemeinde Sankt Michael in Obersteiermark, Bezirk Leoben)
Hirschegg (Gemeinde Hirschegg-Pack, Bezirk Voitsberg)
Hochwurzen (Gemeinde Schladming, Bezirk Liezen)
Hofamt (Gemeinde Frohnleiten, Bezirk Graz-Umgebung)
Höch (Gemeinde Sankt Andrä-Höch, Bezirk Leibnitz)
Höflach (Gemeinde Fehring, Bezirk Südoststeiermark)
Hörgas (Gemeinde Gratwein-Straßengel, Bezirk Graz-Umgebung)

Irdning (Gemeinde Irdning-Donnersbachtal, Bez. Liezen)
Ilz (Bezirk Hartberg-Fürstenfeld)

Jobst (Gem. Bad Blumau, Bezirk Hartberg-Fürstenfeld)

Kaibing (Gemeinde Feistritztal, Bezirk Hartberg-Fürstenfeld)
Kainach (Bezirk Voitsberg)
Kalwang (Bezirk Leoben)
Kammern im Liesingtal (Bezirk Leoben)

Katzling (Gemeinde Pöls-Oberkurzheim, Bezirk Murtal)
Kehr und Plesch Gemeinde Gratwein-Straßengel, Bezirk Graz-Umgebung)
Ketten (Gemeinde Aigen im Ennstal, Bezirk Liezen)
Kitzeck im Sausal (Bezirk Leibnitz)
Klachau (Gemeinde Bad Mitterndorf, Bezirk Liezen)
Klöch (Bezirk Südoststeiermark)
Kleinradl (Gemeinde Eibiswald, Bezirk Deutschlandsberg)
Knittelfeld (Bezirk Murtal)
Kobenz (Bezirk Murtal)
Koglhof (Gemeinde Birkfeld, Bezirk Weiz)
Kohlschwarz (Bezirk Voitsberg)
Kothvogel (Gemeinde Stainz, Bezirk Deutschlandsberg)
Kotzgraben (Gemeinde Bruck an der Mur, Bezirk Bruck-Mürzzuschlag)
Köflach (Bezirk Voitsberg)
Korbin (Gemeinde St. Martin im Sulmtal, Bezirk Deutschlandsberg)
Kornriegel (Gemeinde Eibiswald, Bezirk Deutschlandsberg)
Krakau (Bezirk Murtal)
Krakauschatten (Gemeinde Krakau, Bezirk Murtal)
Kraubath an der Mur (Bezirk Leoben)
Kreischberg (Bezirk Murau)
Krieglach (Bezirk Bruck-Mürzzuschlag)
Krobathen
Kruckenberg Gemeinde Bad Schwanberg, Bezirk Deutschlandsberg)
Krumau (Gemeinde Admont, Bezirk Liezen)
Krumegg (Gemeinde St. Marein bei Graz, Bezirk Graz-Umgebung)

Krungl (Bad Mitterndorf, Bezirk Liezen)
Kumberg (Bezirk Graz-Umgebung)

Laaken (Gemeinde Eibiswald, Bezirk Deutschlandsberg)
Lanau (Gemeinde Neuberg an der Mürz, Bezirk Bruck-Mürzzuschlag)
Lafnitz (Gemeinde Fürstenfeld, Bezirk Hartberg-Fürstenfeld)
Landl (Bezirk Liezen)
Langenwang (Bezirk Bruck-Mürzzuschlag)
Lantschern (Gemeinde Aigen im Ennstal, Bezirk Liezen)
Lebern (Gem. Feldkirchen bei Graz, Bez. Graz-Umgebung)
Lebring (Bezirk Leibnitz)
Lechen (Gem. Neuberg an der Mürz, Bezirk Bruck-Mürzzuschlag)
Leibnitz
Leims (Gemeinde Kammern im Liesingtal, Bezirk Leoben)
Leising (Gemeinde Kraubath an der Mur,Bezirk Leoben)s
Lemsitz (Gemeinde St. Stefan ob Stainz, Bezirk Deutschlandsberg)
Leoben
Leutschach an der Weinstraße (Bezirk Leibnitz)
Liebenau (Bezirk in Graz)
Lieschen (Gemeinde Oberhaag, Bezirk Leibnitz)
Liezen
Ligist (Bezirk Voitsberg)
Louimeth (Gemeinde Bad Blumau, Bezirk Hartberg-Fürstenfeld)
Lutschaun (Gemeinde St. Barbara im Mürztal, Bezirk Bruck-Mürzzuschlag)

Madstein (Gemeinde Traboch, Bezirk Leoben)

Magdwiesen (Gemeinde Mautern, Bezirk Leoben)
Mantscha (Gemeinde Seiersberg-Pirka, Bezirk Graz-Umgebung)
Mariazell (Bezirk Bruck-Mürzzuschlag)
Mautern (Bezirk Leoben)
Maxlon (Gemeinde Tillmitsch)
Mellach (Gemeinde Fernitz-Mellach, Bezirk Graz-Umgebung)
Mitterlabill (Gemeinde Schwarzautal, Bezirk Leibnitz)
Mixnitz (Gemeinde Pernegg an der Mur, Bezirk Bruck-Mürzzuschlag)
Mochl (Gem. Kammern im Liesingtal, Bezirk Leoben)
Modriach (Gemeinde Edelschrott, Bezirk Voitsberg)
Mortantsch (Bezirk Weiz)
Mooslandl (Gemeinde Landl, Bezirk Liezen)
Mühlen (Bezirk Murau)
Murau
Mureck (Bezirk Südoststeiermark)
Mürzzuschlag

Naintsch (Gemeinde Anger, Bezirk Weiz)
Niederwölz (Bezirk Murau)
Nitscha (Gemeinde Gleisdorf, Bezirk Weiz)
Neustift (Gemeinde Bad Waltersdorf, Bezirk Hartberg-Fürstenfeld)

Obdach (Bezirk Murtal)
Oberhaag (Bezirk Leibnitz)
Oberlatein (Gemeinde Eibiswald, Bezirk Deutschlandsberg)
Oberlupitscheni (Gemeinde Leibnitz)
Oberrrakitsch (Gem. Mureck, Bez. Südoststeiermark)

Obersafen Gemeinde Grafendorf bei Hartberg, Bezirk Hartberg-Fürstenfeld
Oberspitz (Gemeinde Deutsch-Goritz, Bezirk Südoststeiermark)
Oberlaussa (Gemeinde St. Gallen, Bezirk Liezen)
Oberzeiring (Gemeinde Pölstal, Bezirk Murtal)
Obgrün (Gemeinde Großwilfersdorf, Bezirk Harterg-Fürstenfeld)
Oisching (Gemeinde Thörl, Bezirk Leoben)
Oisnitz (Gemeinde St. Josef/Weststeiermark, Bezirk Deutschlandsberg
Osterwitz (Gemeinde und Bezirk Deutschlandsberg)

Palfau (Gemeinde Landl, Bezirk Liezen)
Passail (Bezirk Weiz)
Peggau (Bezirk Graz-Umgebung)
Petzles (Gemeinde St. Nikolai im Sausal, Bezirk Leibnitz)
Pinggau (Bezirk Hartberg-Fürstenfeld)
Pirka (Gemeinde Seiersberg-Pirka, Bezirk Gaz-Umgebung)
Pisching (Gemeinde Kalwang, Bezirk Leoben)
Pischk (Gemeinde Bruck an der Mur, Bezirk Bruck-Mürzzuschlag)
Plenzengreith (Gemeinde Passail Bezirk Weiz)
Plesch (Gemeinde St. Anna am Aigen, Bezirk Südoststeiermark)
Pogusch (Gemeinde st. Lorenzen im Mürztal, Bezirk Bruck-Mürzzuschlag)
Pöllau (Bezirk Hartberg-Fürstenfeld)
Pöls (Gemeinde Pöls-Oberkurzheim, Bezirk Murtal)
Ponigl (Gemeinde Wundschuh, Bezirk Graz-Umgebung und Gemeinde Thannhausen, Bezirk Weiz)

Poppenforst (Gemeinde St. Peter im Sulmtal, Bezirk Deutschlandsberg)
Possegg (Gemeinde Stanz im Mürztal, Bezirk Bruck-Mürzzuschlag)
Präbichl (Pass und Berg im Bezirk Leoben)
Prentern (Gemeinde St. Georgen an der Stiefing, Bezirk Leibnitz)
Pretul (Gemeinde Langenwang, Bezirk Bruck-Mürzzuschlag)
Proleb (Bezirk Leoben)
Pruggern (Gemeinde Michaelerberg-Pruggern, Bezirk Liezen)
Puntigam (Bezirk in Graz)
Pusterwald (Bezirk Murtal)
Quilk (Gemeinde Aigen im Ennstal, Bezirk Liezen)
Raaba (Gem. Raaba-Grambach, Bezirk Graz-Umgebung)
Radmer (Bezirk Leoben)
Radochen (Gemeinde Straden, Bezirk Südoststeiermark)
Ragnitz (Bezirk Leibnitz)
Ramsau (Bezirk Liezen)
Rannach (Gemeinde Stattegg, Bezirk Graz-Umgebung, Gemeinde Mautern, Bezirk Leoben)
Ratsch an der Weinstraße (Bezirk Leibnitz)
Ratten (Gemeinde Gratkorn, Bezirk Graz-Umgeiung sowie Gemeinde Mautern, Bezirk Leoben)
Rauden (Gemeinde Empersdorf, Bezirk Leibnitz)
Rudres (Gemeinde Hirschegg-Pack, Bezirk Voitsberg)
Retsch (Gemeinde Stanz im Mürztal, Bezirk Bruck-Mürzzuschlag)
Rittschein (Gemeinde Fürstenfeld, Bezirk Hartberg-Fürstenfeld)
Rohr (Gemeinde Ragnitz, Bezirk Leibnitz)

Rohrmoos (Gemeinde Schladming, Bezirk Liezen)
Rottenmann (Bezirk Liezen)
Rötz (Gemeinde Trofaiach, Bezirk Leoben)

Salla (Gemeinde Maria Lankowitz, Bezirk Voitsberg)
Sajach (Gemeinde Gabersdorf, Bezirk Leibnitz)
Salsach (Gem. Deutsch Goritz, Bez. Südoststeiermark)
Salzstiegl (Skigebiet zwischen Hirschegg-Piber, Bez. Voitsberg und Weißkirchen, Bezirk Murtal)
Sausal (Hügelland großteils im Gemeindegebiet von St. Andrä-Höch, Bezirk Leibnitz)
Schäffern (Bezirk Hartberg-Fürstenfeld)
Schachen (Gemeinde Vorau, Bezirk Hartberg-Fürstenfeld)
Scheifling (Gem. Scheifling-St.Lorenzen, Bezirk Murau)
Schlattham (Gemeinde Aigen im Ennstal, Bezirk Liezen)
Schnellerviertel (Gemeinde Rohrbach an der Lafnitz, Bezirk Hartberg-Fürstenfeld)
Schönaich (Gem. Wettmannstätten, Bez. Deutschlandsberg)
Schöneben (Gemeinde Mürzzuschlag, Bez. Bruck-Mürzzuschlag)
Schöder (Bezirk Murau)
Schrötten (Gemeinde Hengsberg, Bezirk Leibnitz)
Seckau (Bezirk Murtal)
Semriach (Bezirk Graz-Umgebung)
Siebing (Gem. Allerheiligen bei Wildon, Bez. Leibnitz)
Sillweg (Gemeinde Fohnsdorf, Bezirk Murtal)
Soboth (Gemeinde Eibiswald, Bezirk Deutschlandsberg)
Söchau (Bezirk Hartberg-Fürstenfeld)
Sölk (Bezirk Liezen)
Stadl (Bezirk Murau)
Stainach (Stainach-Pürgg, Bezirk Liezen)

Stainz (Bezirk Deutschlandsberg)
Stang (Gem. Groß Sankt Florian, Bez. Deutschlandsberg)
Stegg (Gem. Kapfenberg, Bez. Bruck-Mürzzuschlag)
Steinreib (Gem. St.Stefan ob Stainz, Bez. Deutschlandsberg)
St. Gallen (Bezirk Liezen)
Stiwoll (Bezirk Graz-Umgebung)
Stocking (Gemeinde Wildon, Bezirk Leibnitz)
Stojen (Gemeinde Neuberg in der Mürz, Bezirk Bruck-Mürzzuschlag)
Straden (Bezirk Südoststeiermark)
Strallegg (Bezirk Weiz)

Takern (Gem. St.Margarethen an der Raab, Bez. Weiz)
Tauplitz (Gem. Bad Mitterndorf, Bezirk Liezen)
Tebrin (Gemeinde Neuberg an der Mürz; Bezirk Bruck-Mürzzuschlag)
Teipl (Gemeinde Lannach, Bezirk Deutschlandsberg)
Tieschen (Bezirk Südoststeiermark)
Tipschern (Gem. Mitterberg-St.Martin, Bezirk Liezen)
Tobis (Gemeinde Preding, Bezirk Deutschlandsberg)
Tollinggraben (Gem. St. Peter Freienstein, Bez. Leoben)
Traboch (Bezirk Leoben)
Trag (Gem. Bad Schwanberg, Bez. Deutschlandsberg)
Tratten (Gemeinde Ranten, Bezirk Murau)
Trahütten (Gemeinde und Bezirk Deutschlandsberg)
Treglwang (Gem. Gaishorn am See, Bezirk Liezen)
Tregist (Gemeinde Köflach, Bezirk Voistberg)
Trieben (Bezirk Liezen)
Trofaiach (Bezirk Leoben)
Tulwitz (Fladnitz an der Teichalm, Bezirk Weiz)
Turnau (Bezirk Bruck-Mürzzuschlag)
Turrach (Gemeinde Stadl-Predlitz, Bezirk Murau)

Tutschach (Gemeinde Aflenz, Bez. Bruck-Mürzzuschlag
Tutten (Gemeinde Pöllau, Bez. Hartberg-Fürstenfeld)

Übelbach (Bezirk Graz-Umgebung)
Übelstein (Gemeinde Bruck an der Mur, Bezirk Bruck-Mürzzuschlag)
Unterlamm (Bezirk Südoststeiermark)
Unterspitz (Gem. Deutsch Goritz, Bez. Südoststeiermark)
Unterstorcha (Gemeinde Paldau, Südoststeiermark)
Untertressen (Gemeinde Grundlsee, Bezirk Liezen)
Urgental (Gemeinde Bruck an der Mur, Bezirk Bruck-Mürzzuschlag)

Veitsch (Gemeinde Sankt Barbara im Mürztal, Bezirk Bruck-Mürzzuschlag)
Vochera (Gemeinede Groß St. Florian, Bez. Deutschlandsberg)
Vogau (Gemeinde Straß, Bezirk Leibnitz)
Vorau (Bezirk Hartberg-Fürstenfeld)
Vorderlainsach (Gemeinde St. Michael in der Obersteiermark, Bezirk Leoben)
Vornholz (Gemeinde Vorau, Bezirk Hartberg-Fürstenfeld)

Wagenhals (Gemeinde Bad Waltersdorf, Bezirk Hartberg-Fürstenfeld)
Wagna (Bezirk Leibnitz)
Waldschach (Gemeinde St. Nikolai im Sausal, Bezirk Leibnitz)
Weng im Gesäuse (Gemeinde Admont, Bezirk Liezen)
Weiz
Wenigzell (Bezirk Hartberg-Fürstenfeld)
Weinitzen (Bezirk Graz-Umgebung)

Wenireith (Gemeide Hartberg Umgebung, Bezirk Hartberg-Fürstenfeld)
Wetzawinkel (Gem. Hofstätten an der Raab, Bez. Weiz)
Wielfresen (Gemeinde Wies, Bezirk Deutschlandsberg)
Wielitsch (Gemeinde Ehrenhausen, Bezirk Leibnitz)
Wies (Bezirk Deutschlandsberg)
Wildon (Bezirk Leibnitz)
Wuggitz (Gemeinde Eibiswald, Bezirk Deutschlandsberg)
Wundschuh (Bezirk Graz-Umgebung)
Wuschan (Gem. Dobl-Zwaring, Bez. Graz-Umgebung)
Wutschdorf (Gemeinde Heiligenkreuz am Waasen, Bezirk Leibnitz

Zeierling (Gemeinde Frauental an der Laßnitz, Bez. Deutschlandsberg)
Zelting (Gem. Bad Radkersburg, Bez. Südoststeiermark)
Zeltweg (Bezirk Murtal)
Zerlach (Gem. Kirchbach, Bez. Südoststeiermark)
Zettelbach (rechter Zufluss des Stainzbaches, Bezirk Deutschlandsberg)
Ziprein (Gemeinde Kirchbach, Bezirk Südoststeiermark)
Zirknitz (Gemeinde St. Stefan ob Stainz, Bezirk Deutschlandsberg)
Zlatten (Gemeinde Pernegg an der Mur, Bezirk Bruck-Mürzzuschlag)
Zwaring (Gemeinde Zaring-Dobl, Bezirk Graz-Umgebung)

Nachwort zum Vorwort
Vielleicht haben Sie dieses Buch in der Hoffnung erworben, endlich die inoffizielle Bedeutung des Namens ihres Heimatortes zu erfahren? Und dann haben Sie Seite für Seite, Wort für Wort, Buchstaben für Buchstaben gesucht und am Ende enttäuscht festgestellt: Frechheit, mein Heimatort kommt ja gar nicht vor!

Das könnte schlichtweg damit zu tun haben, dass den Autor just in dem Moment, in dem Ihr Ortsname an der Reihe gewesen wäre, eine Schreibblockade ereilt hat. Oder, dass ihm ohnehin nichts Passendes eingefallen wäre. Wenn Sie womöglich in einem Ort leben, dessen Name mit -dorf, -berg, -tal, -hof, -kirchen etc. endet, haben Sie jedenfalls Pech (oder aber Glück – wie man's nimmt!): Diese Namen hat sich der Autor – von wenigen Ausnahmen abgesehen – erst gar nicht vorgenommen, denn davon gibt es landauf landab einfach viel zu viele!

Über den Autor

Volker Liebmann, Jahrgang 1968, geb. in Graz; dank einer Ausbildung zum Automechaniker als Texter ein Auto-Didakt im wortwörtlichen Sinn, der nach zwei Jahrzehnten als Journalist bei diversen Tages- und Wochenzeitungen dem Trieb nach Verdrängung des harten Reporteralltags nachgab und sich nunmehr leidenschaftlich launig-leichterer Lektüre widmet.

Im Texten von nihilistischem Nonsens sowie im Verfassen frecher Formulierungen fand er in Zeiten von Fake News und überbordenden Selbstinszenierungen ein ideales Revier um sein Faible für ernsthafte Verunglimpfung und furiose Verhöhnung der Menschheit ausleben zu können. Die psychohygienische Wirkung dieses Tuns begreift er dabei als Ausgleich zum einstigen Reporterdasein, wenn nicht gar als Chance zur Wiedergutmachung sowie zur Wiederherstellung seines zuvor absolut tadeligen Rufs. Fantsch ist Liebmanns erstes Werk. Eine Fortsetzung wurde bereits angedroht.